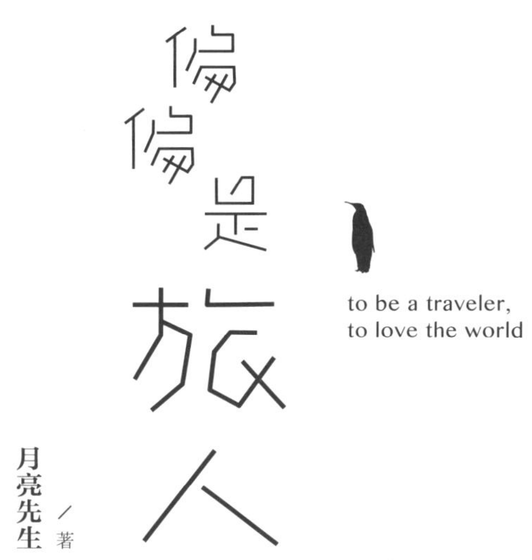

中信出版集团 · CHINACITICPRESS · 北京

图书在版编目(CIP)数据

偏偏是旅人 /月亮先生著. 北京 : 中信出版社，2015.6
ISBN 978-7-5086-5065-4
Ⅰ. ①偏… Ⅱ. ①月… Ⅲ. ①杂文集－中国－当代 ②散文集－中国－当代 Ⅳ. ①I267
中国版本图书馆CIP数据核字(2015)第044053号

偏偏是旅人

著　　者：月亮先生
策划推广：中信出版社（China CITIC Press）
出版发行：中信出版集团股份有限公司
（北京市朝阳区惠新东街甲4号富盛大厦2座　邮编 100029）
（CITIC Publishing Group）
承 印 者：中国电影出版社印刷厂

开　　本：880mm×1230mm 1/32　　印　　张：10　　字　　数：180千字
版　　次：2015年6月第1版　　印　　次：2015年6月第1次印刷
广告经营许可证：京朝工商广字第8087号
书　　号：ISBN 978-7-5086-5065-4/I · 608
定　　价：39.80元

服务热线：010—84849555　　传　　真：010—84849000
投稿邮箱：author@citicpub.com

旅途漫漫，
我们总会不期而遇，
我们也总会久别重逢。

旅行，以至旅行前的计划和冀盼，是你我在浑浊乱世中向遥远彼岸理想国度的“渡”。期望抵达的那天，哪怕只是形同虚幻的短暂勾留，也能细心体味，激发斗志，提升能量。

阅历体会资深的旅游作家如月亮先生，更身兼待渡人和摆渡人的角色，度自身，度众生，这也是你我在转身回程时恍悟的旅行的意义。

欧阳应霁／作家 漫画家

月亮先生笔下的马德里是深邃而浪漫的，就好像他在马德里生活多年，任何的角落和场景都可以在他的笔触之下变得别具一格，栩栩如生。他对那些皇家风范和市井之间都保有持续的热情和敏锐的观察，而这恰恰是能发现精彩故事的必备要素。

David Ferran ／**西班牙驻华大使馆旅游参赞**

在我眼里常常是忧伤孤独的西庸城堡，在月亮先生的镜头和笔下充满了细腻和温暖的感情。旅人与游客，大概就在于这细微的差别中。走过那么多地方，见过那么多人，他的触觉还是像刚出发时那样敏锐。突然觉得，我应该再去一次西庸了。

高鹂滢／瑞士国家旅游局中国区副主任

月亮先生讲述的故事给人一种亲切感，无论多远的美景，都会被他信手带到眼前。他笔下的布鲁日，有着温暖、浪漫的情怀，让人置身其中就能迅速放松下来。

李昕／比利时法兰德斯旅游局中国区首席代表

月亮先生一直善于用他的文字和摄影抓住无数的精彩瞬间。安达曼海和清迈在他细腻的笔下栩栩如生，让人有身临其境的感觉。他对泰国的熟悉程度让我赞叹，可能正因为有发自肺腑的热爱，让他能如此生动地勾勒出泰国的美丽画面。

李文华 / 泰国国家旅游局上海办事处处长

月亮先生总是那么不急不缓、娓娓道来，却又引人入胜，配上他那具有独特视角的照片，将芬兰平静秀美的自然风光、追求自由的人文环境以及卓越的设计文化体现得淋漓尽致。

MERVI HOLMÉN / 芬兰国家旅游局　品牌与市场总监

月亮先生善于从众多扑朔迷离的传说和故事中找出一条通达的路来，让卢瓦尔河谷瑰丽浪漫的气质在纸上重新鲜活起来。跟着他一直走下去，读下去，才能理解，法国人为什么把这里当作自己永远的“后花园”。

齐勇 / 法国国家旅游发展署中国办事处新闻及公关主管

好的旅人，好的旅行文学就是眼耳口鼻的无限延长。我喜欢月亮先生笔下苍茫而神秘的北领地。他从在广袤丛林的行走中，从与当地人的交谈中，解析出这片古老大地上生生不息的眷恋和生长。

徐礼松 / 澳大利亚北领地旅游局大中华区经理

月亮先生擅长用艺术的眼光，精致地雕琢旅行中的每个细枝末节，哪怕只是一条不起眼的老街或是店内的一幅陈旧画作，他都能寻找出独一无二的故事来。他笔下的人物鲜有沉寂，大多有强大的热情，犹如迈阿密南海滩的骄阳当空，用最炙热的情感礼赞生活。

姚扣林 / 美国旅游局华东区代表

序
月亮的梦

第一次见到月亮先生，他用编辑惯常用的那种轻描淡写却又直截了当的口气，略过生分的阶段，我们一下就好像认识了很久，甚至做了好多年朋友。当然他比不上他的桌子给我的印象深刻——一个每天要面对这样办公桌的人可怎么办公呢，桌面上的东西和地上高高摞起来的资料连成一片，地上连插脚的空间都没有，桌子上也绝对放不下一台笔记本电脑。更神奇的是，桌上有一只锅！

这样的状态持续了蛮久，我一直避免正眼看他的桌子，因为我既没有心理准备帮他收拾，又担心一旦翻看这个小仓库就发现什么自己也感兴趣的。我看得出来，这些东西的倒塌就需要一个入迷者，我不想做这个人。而且我总想等等看，那只锅会是什么下场。

“安妮，咱弄个咖啡角，以后朋友们来了，就喝我们从世界各地弄来的咖啡”；“咱这里的景色这么好（我们当时大厦的露台正可尽览外滩全景），白天晚上烧烤都应该很棒”；“咱买张沙发床，加班累了就睡在这儿，我用这个锅烧东西给大家吃”——以上“梦想”里，只有咖啡角的那个实践过，但后来我们发现那台很棒的咖啡机是别人的，我们也不遗余力地把世界各地带来的咖啡跟同事分享，甚至曾经赚过小小一笔钱（咖啡基金，由喝咖啡的人捐），但这笔钱后来也像其他梦想一样从我们生活里消失了，那只撑起自煮美味幻想的锅也不见了。

他就是这么不知疲倦地做梦，有的时候我也想知道，他在谋划那些梦时，是不是当真？

反正他说起来，一切近在眼前，好像挥手简单一做就能实现，没什么规矩不能逾越，没什么人会从中作梗似的。反正我是B型血、风向星座，这跟我很合——我们才不管梦最终是不是噩梦，而美梦是不是也总得醒。

有时候我想，得感谢冥冥之中那只锅的出场，以及那张混乱的桌子，完全抵消了一个处女座能够带给别人的戒备之心，让人直面那个傲娇、内心洁癖的他表面的混乱和随意。

还有一件事，我得提醒大家注意，如果他在你面前侃侃而谈美食，你千万别上当！他确实很爱美食，甚至可以说沉迷美食，但他更喜欢谈论它们，而不是吃掉它们。

你没见过他手舞足蹈谈论制作鲅鱼水饺？你没见过他谈起天鹅蛋两眼放光？你没听他讲起家里的茴香包子？他没推荐过什么面什么汤？如果这些桥段没发生过，你完了，你在他心目中没有地位。

为此，我和身边的女汉子们都耿耿于怀，我们仅仅用了一周就识破了他的伎俩，但还是不知悔改地喜欢跟他吃饭、让他点菜、听他谈论美食，而且很配合地不断增重。我总希望他有一天觉得自己这么任性、绝色地瘦着，会禁不住感到孤独。

当然，我们回敬他的就是在他兴高采烈、无比关爱地分享各式营养养生偏方的时候，用无与伦比的懒把他气背过气去。

他的朋友很多，最顽皮也得到最多关爱的一个恐怕是他的狗，他管它叫张聪聪。我不是那么喜欢张聪聪，因为用很多肉肠也换不来它对我特别一些，它几乎是迷恋着、崇敬着政少，如果世界必须精简的话，张聪聪只要这个在它瑟瑟发抖的时候收养它的爹就好了。张聪聪继承了他的敏感、细心，但是完全没学会社交和最大限度的信任。

在他的文字里，他所展现的那个追求极致美好的男人，快乐的以及感伤的经历，都是他。但他又不仅如此，不仅英俊、挺拔、傲娇，他也有蓬头垢面、沮丧、阴郁的时候，但是正是如同月亮一样，有皎洁美好，也有低沉冷寂，他游走在两极却有更大的力量享受旅行所安排的一切。

我认识一个比你们从文字里看到的更多元的他，变幻多端的，温暖过也冷淡过的，爱做梦的，月亮先生。

张迎
《漫旅 Travel + Leisure》执行主编

2012 年 12 月 2 日于法国戛纳

目录 contents

Part 01

世界尽头
的温柔

好的旅行，是从荒景走到丰年。即使路途遥远，行人寥落，也要独自去看看尽头的风景，听一听千年一次的呼吸轮回，感受一次万年不变的对视和温柔。

目录 contents

Part 02

但愿旧人万岁
旧情万岁

我走过这些城，看它们惨烈地与时光对决。每次的旅程，就像在探寻它们维系着雍容与芳华背后的遭遇和伤痕。即使明知这战争是输定的，也是执拗地输得慢一些，再慢一些。我羡慕那些生活在这些城市里的人，他们懂得如何让那些最美的人和事，在心底，好好保重。

Nadine Granier
Galerie d'Art

目录 contents

Part 03

这么远 那么近

总能找到一种方式，将自己的情感迅速地与一个地方拉近。即使它远在地球另一端，平时连交集也无，也能从某个不易察觉的缝隙里，生出亲近的因由来。这是旅途中必然的牵绊，像约定了期限的恋爱，遇见、痴缠，然后告别。

Part 01

世界尽头的温柔

好的旅行，是从荒景走到丰年。即使路途遥远，行人寥落，也要独自去看看尽头的风景，听一听千年一次的呼吸轮回，感受一次万年不变的对视和温柔。

南极
走往极南的静默

当邮轮开始离开港口，乌斯怀亚背后的山峰开始在微斜的阳光中渐渐远去和模糊的时候，世界上的目的地，仿佛只有南极一个了。

我站在“银海探索”号顶层的甲板上，偶尔有打着旋儿的狂风令所有聚集在甲板上的人直打哆嗦。太阳已经滑过天中线，渐渐往乌斯怀亚背后折射着蓝色光芒的山谷中坠下去。散漫的光线仿佛被渐渐地挽了起来，擦过乌斯怀亚城镇的边儿，笼罩在码头的上空，通白的船身开始泛出金黄的光泽。等到那抹光线渐渐延展开去，在狭长的水道中铺出一条碎光浮动的航道时，马达才开始发出低沉的轰鸣声，巨大的船身从码头斜移开来。开船时那一声悠长的鸣笛，可以沿着乌斯怀亚海湾绵延开去，传出很远。

尽头，是通往南极的第一步，德雷克海峡！

船上的每个人都显得轻松极了。船尾的甲板上甚至铺起了几张圆桌，来自菲律宾的大卫是船上的琴师，此时也把自己那台雅马哈电子琴从五楼的酒吧搬了上来，拉丁风格的舞曲一支接一支。几位扎着领结的侍应生端着吧台刚刚浸过新鲜冰块的鸡尾酒在人群中穿梭。除了有些人穿着冲锋衣，这与世界上其他任何地方的邮轮启航酒会没有什么区别。一杯鸡尾酒确实是恰到好处，适当的微醺让我因为时差和长途飞行而显得有点儿苍白的脸色恢复了一点儿红润。粗略计算，三十五个小时里，飞机飞入夜色又冲到黎明的次数之多，几乎达到我这几年长途旅行的极限。但再长的旅行，我也渐渐习惯着不抱怨，权当营营役役之外积攒起的苦修。

只有南极是终点，过往皆是插曲，通通可以清空。

这是一场目的与情绪都不明朗的旅行。直到我站在南极半岛的第一座冰山面前时，依然不知道为何在几年之后，执意重返南极。六年前那场搏命似的毕业旅行因为强烈的风暴和船体的损毁戛然而止。当我们斜倚在破损的科考船上，终于望见前来接应的飞机与救援船的时候，混合生死的复杂情绪让每个人都没有过多欢呼。直到我们坐在船舱里，才有人禁不住痛哭起来，即使他们大部分是经常往返于南极的科考人员，但直面告别和生死的时候，每个人的恐惧都那么真实。

南极从来不是易与之地。与六年前我的第一次南极之旅相比，这邮轮已算奢华，在配有浴缸的房间里，管家每每来收拾房间，会先打开船上的卫星频道，放着迈尔斯·戴维斯和朱迪·嘉兰的歌曲，在你埋头于从图书馆借来的书中时礼貌地问你，“在风平浪静的时候是否需要送来四时果盘。”现在有近二十家公司的邮轮，比着法子地试图让旅程更舒服些，每年载着五万名游客往返于南极半岛与乌斯怀亚之间。相比之下，这反而让我对六年前跟随拉美科考专家苦行一般的旅程更加念念不忘。仿佛德雷克海峡的惊涛骇浪、不可预测的风暴，以及深藏身形的、随时崩裂的冰山，件件都是应有的惊心动魄。这些是南极的勋章，对于到访之人，理应有了这般的遭遇之后，才配享受探索者的荣耀。我着实依然对当年帆船时代那些试图触摸南极边缘的开拓者们有着抛不开的怀念。初读斯科特的故事带来的远远不只悲情，而是一种纯粹的、理想主义的情怀。整趟旅程中，只要一有时间，我便窝在邮轮五楼的图书馆里翻看斯科特当年的故事，这会让我更容易回想起六年前近乎搏命般的那次旅程，精疲力竭，似乎没有明天的样子。

而此刻，我不能再用斯科特的故事去“折磨”身边从纽约飞来的芭芭拉，满头银发的她已经絮絮叨叨了一个多小时，诉说着她因为经过长途飞行身体是怎样的不适，并且完全不知道如何在接下来的两天里应付德雷克海峡的惊涛骇浪。我反复跟她保证，只要在柔软的床上躺着超过十二小时，小口喝水，吃点儿水果，德雷克的颠簸就不那么难熬。但在随后召开的乘客会议上，船长和探险队长的谨慎和有所保留的言辞恐怕又会让她血压上升。“好吧，天气不错，我们只能祈求上帝让这样的好状况一直持续下去……”所有想当然的乘客的心情都被先扬后抑的句式挑逗得如同坐过山车。

南极的规则依然严苛，即使全副武装，也会有娇柔无力的感觉。

行船已近五个小时，我们依然无法知道确定的行程。探险队必须在对每个时段的气候数据做出分析之后，才能确定我们是否可以乘坐冲锋舟横跨海湾，直接踏上南极的海岸。所以每天的日程安排，都要在每晚的例行房间打扫时打印好送到房间里。至于在出行前听到的那些地名，也许到了行程结束，还只是地名而已。

可这也是南极的魅力之一，飘忽不定，拜天所赐的行程，比起那些充斥在报端和屏幕上的所谓环保和资源的议题来得实在。我依然记得六年前那个会大口喝威士忌的智利科学家费尔南多大声嚷嚷的一句话：“如果你不想被那些纸上谈兵的议题绑架，就丢下生活，认认真真在南极走一遭！”六年前我跟他走过的旅程，正是因为这种不确定而没有完成。如今再来，心里倒是期望这是上次行程的续章，解答我依然坚持找寻和执拗观察的疑问。

会议之后，我站在挂着南极半岛地图的四楼电梯口近一个小时，眯着眼睛扫过一个个被圈出的地点。探险队长卡拉和芭芭拉乘坐一旁的电梯上来。芭芭拉仍在追问船长是否确保我们一路都不会处于“可怕的颠簸状态”。但显然，卡拉没有给她肯定的答案，“我只能说，在我过去十几年到访南极的行程中，没有一次是完全一样的。”芭芭拉的脸色似乎更苍白了些，我看到她把刚从随船医生那里讨来的晕船贴紧紧地在手心里攥了攥。我抱了抱她，轻声道晚安，然后和卡拉相视一笑。

“祝我们都好运！”

穿越德雷克海峡，可能是我迄今为止所经历过的最颠簸的旅程，五十个小时与至少八米以上的巨浪纠缠，这几乎让我觉得，生活当中的那些“颠簸”，有时真的微若尘埃！

第一个船上的午夜来临之前，我坐在六楼的酒吧里看着菲利普接连灌下几杯苏格兰威士忌。酒吧只剩下我们两个人，琴师都已经收了家伙，端着一杯香槟坐在舷窗边上发呆。菲利普不理会我回船舱睡觉的建议，大口喝酒的速度没有减慢，他甚至没有时间去碰摆在面前的小食。只是间或迅速地抬起头来，用大舌头的英文反复问：“到了吗？到了吗？”

窗外乌斯怀亚海湾延伸的海岸早已隐没在黑暗之中。只是凭借着邮轮顶端洒下来的微弱灯光，才能隐约看到那些猛烈撞击船身的海浪被击碎的浪花。通往甲板的门已经被“注意安全”的警告牌挡住，我无法确认它是否依然处于直立状态，强烈的西风让船身微微地斜向一边。但船长似乎并没有减速的意思，我们偶尔会感到船身被整个抛起，然后重重地砸在前方的浪头上，身下的椅子似乎都在颤抖着。工作人员劝说我们回房间。菲利普的步子有些踉跄，但连他自己都分不清是因为颠簸还是因为刚才实在喝得太多。工作人员把他交给我，返身去护住吧台上开始乱滚的杯子。

午夜时分，我们终于进入了德雷克海峡！

从严格意义上说，德雷克海域宽广得不像个海峡。乌斯怀亚到南设得兰群岛的直线距离超过八百公里，邮轮需要开足马力行驶至少五十个小时，才能远远望见南设得兰群岛平缓的曲线。在这五十小时当中，陆地从视野中完全消失，持续不断的猛烈西风掀起巨大的洋流，从太平洋和南冰洋的边缘向大西洋涌去。卡拉在广播里反复强调我们的好运气：“老天没有与我们为难，行进的路线上并没有激烈的风暴。”但我们依然低估了巨大洋流挟裹的能量。八米的巨浪司空见惯，我曾试图站到船头的甲板上，偶尔会有一两只极地海燕从头顶掠过，在混沌一片的天空里如同划过一道闪电。当然，人的主要精力总是放在如何把好栏杆，保持平衡，以及如何在狂风之中睁开眼睛！

我一夜睡不踏实，总感觉浪头激烈时要从床上被掀下来，第二天一早就已经面露困色，原本熙攘的餐厅人影稀少。早餐持续了两个小时，除了水果，菜品都几乎未动。我冲着瘫坐在窗户旁边的菲利普招招手。他苍白着脸，有气无力地笑笑，张了张嘴，却没说出什么，而是转身迅速抓起早早预备在手边的呕吐袋，把脸埋了进去。

餐厅经理安娜对大片空置的桌椅耸了耸肩：“穿越德雷克海峡的

时间，吃饭有时也成了一件困难的事情。其实只要不是颠簸过猛，我们还是尽力地劝说客人多吃一点儿。空腹对于克服晕船没有什么帮助。”但大多数客人在步履蹒跚地经过走廊时依然情不自禁地伸手去拿整齐地摆在扶手边上的呕吐袋。坐在船头的观景酒吧里，人几乎只有陷在沙发里，才能扛得住颠簸。而船尾甲板上的酒吧已经停止提供酒水，出发时铺开的桌椅已经收拢，用铁链拴在了一起。

退回到四百多年前，德雷克在与封锁南美洲航线的西班牙军舰周旋时，也曾无意中接近这片危险水域。他带领部下绕过严密的海岸封锁，通过麦哲伦海峡进入火地岛，从而为英国重新打通了连接大西洋和太平洋的航道，但英语世界的“德雷克海峡”从未被西班牙语世界所接受。德雷克的行程终止于火地岛，并未曾挑战这片海峡内的巨浪。西班牙语世界更倾向于使用 1525 年发现同样水域的西班牙航海家荷塞西起的名字“Mar de Hoces”（海镰刀），而他的航船真真实实地驶过了海峡。从那时起，“杀人的西风带”、“魔鬼海峡”的称号便随着每年千百艘经过的船只传遍世界。在巴拿马运河开通之前，所有的船长都要攒足精力与风暴、巨浪和由南极半岛深处漂来的巨型冰山周旋。

我们正是在德雷克海峡复兴的时代到访的。因为南极，沉寂已久的德雷克海峡重新开始出现船只穿梭不绝的景象。得到允许，我在开船后的第二天中午获准进入位于四楼尽头的驾驶舱。风度翩翩的大副和船员在一堆密密麻麻的图纸之前写写画画，来自乌克兰的船长亚历山大・戈卢别夫仍像在前晚的鸡尾酒会上一般沉默寡言，只是偶尔发出一些短促的指令。大部分的时间里，他只是双腿微分，定定地望着前方。在以往由他掌舵的九十多次往返南极与南美的行程之中，这是他惯常的状态。与那些身在热带驾驶着巨型邮轮，随手就能拿着杯香槟高歌一曲的船长不同，亚历山大从不认为积攒的航行经验足以应付南极变幻莫测的天气和航路状况。“每次的航程我都是个全新的学徒，需要通过每一个测验，它们大多突如其来。”他曾迅速地避开被洋流甩离南极大陆的巨型冰山，也曾经尝试在暴雪的天气之下穿越狭窄的海峡。每次都有不断的大小测验。

当然，乌克兰人的倔强脾气也让亚历山大时不时地要触碰一下极限，驾驶着这艘小型邮轮，尝试跟风暴赛跑。就像昨晚，整艘船就像擦着浪尖一路飘摇而过。“也许有客人会从床上颠下来呢！但我们确实避开了最恶劣的天气。”他在偶尔听到客人有气无力的抱怨之后说，“放心吧，不用多久，他们会把抱怨忘了，比如一个小时之后。”我顺着他的右手望出去，在视线的尽头，似乎有黑白斑驳的痕迹浮现。也许是距离尚远，即使阳光大好，也仿佛有雾气遮盖，看不真切。我试着去借船长的望远镜，头顶上却已经响起匆忙的脚步声。人们似乎一下子从眩晕的状态中清醒了，大叫着冲上五楼的船头甲板。

“南设得兰群岛？”

“是的，南极欢迎你！”

你好，企鹅先生

越靠近岛屿，船行驶得越慢。遥遥看见借着夏日余温冲破冰层的黑暗礁石，像一头浮于海面，正在沉睡的巨鲸。但“银海探索”号的行进速度已经越来越慢，正午时分，索性直接停在了浅湾的入口。船长甚至出现在了五楼的甲板上，与客人悠闲地聊天。他在等待着另一场潮汐，将我们平安送入海湾。

所以整个中午，我们都只能眼巴巴地待在甲板上。南极真正的主人其实早已出现，它们从邮轮旁边洒满阳光碎片的海面接二连三地跳跃而起。有一两只胆大些的，甚至一路游到邮轮的边上，跃起的时候，甚至能够分辨出它们身上的黑白线条。

邮轮在潮汐中缓慢地驶向浅湾，所有挤在船头的人都发出低低的惊呼声。企鹅先生第一次向我们展示了庞大的家族。时近下午，太阳已经略微西移，在水边洒下一条懒洋洋的光带。浅湾里的雪线早已退守得只剩斑驳的痕迹，而大片青褐与焦黄混杂的地面，被整个家族的数千只企鹅占据。隐约已有嘶鸣声传到耳边。一摄氏度的气温对我们来说算是难得的温和，对它们来说也许已经算是炎夏的温度了。嘶鸣并不是因为感觉受到冒犯，而只是它们需要伸直喉咙、散发体内的热量罢了。

所以当我们穿着从邮轮上租借来的、笨重的防水靴深一脚浅一脚地从浅滩一路走上岸时，远在三米开外的企鹅群并未惊慌，甚至连绒毛还未褪尽的企鹅幼鸟都镇定自若，站在不知年月的鲸鱼遗骨上眺望海岸。那些幼鸟的父母已在归途中，赶在失去阳光的海水变得更冷之前，踩着青褐色的石子，以及被海浪推来、堆得有些发烂的海草中前行，也许还要绕过几只随意霸占着海滩的海豹，匆匆摇晃着身子，一头扎进围拥在一起的家族里，才稍微觉得有些安全，然后顿顿步子，左右扭着头，凭着声音开始寻找饿了一天的孩子。

我跟在约翰身后，这个不怎么爱说话的男人两个小时前不厌其烦地跟我们重复着登岛的规则：不要试图拾取岛上的任何东西，即使是一块普通的石子（那是企鹅必须且唯一的筑窝材料，否则它们无法让蛋在孵化过程中避免潮湿）；不要试图留下任何东西（如果内急，请乘坐冲锋舟返回邮轮解决）；需要跟企鹅保持三米以上的距离，如果面对海豹或者海狮，这个距离要被提高到五米；绝不要试图走入包括企鹅群在内的任何鸟群；绝不要挡住企鹅的去路，尤其不要踏入它们专用的雪道！所以一路上，我们保持着缓慢安静的速度，除了偶尔问些问题，大部分时间里都将口鼻严实地掩在围巾之后，即使觉得热也不愿意拿下围巾。

布满海滩上的那种混着腐烂海藻与企鹅粪便的味道实在太过击穿好莱坞式的想象。那些盘踞在悬崖上的家伙们，虽然偶尔也会急躁地奔跑，但肚皮上总蹭得一片肮脏的土黄色。只有八岁的汤米有些扫兴，他照着约翰教的办法，按捺着性子守在一边，等着附近的企鹅抑制不住好奇心自己走过来。但那几只“笨得过分”的企鹅，只不过无精打采地朝他瞥瞥，掉头走掉了。他嘟着嘴去找约翰理论，电影里那个干净、亲近，有些犯傻的快乐的大脚不该是这样。约翰对着他两手一摊：“抱歉，汤米。这才是现实，比好莱坞的镜头真实多了。”

与因为童话破灭而哭丧着脸的汤米相比，我倒是心情平缓，晓得即便是《帝企鹅之歌》里美得离奇的镜头，也只不过是光影和臆想的拼接罢了。我只是想要沿着上次的行程，去印证一些细节。

此时已经快到夏末，哺育小企鹅的最艰难的两个月即将结束，一路的行程中，已经不多见披着银灰色绒毛的幼鸟，仅有的几只怕是今年生得晚，身上的绒毛才刚刚有松脱的迹象，垮垮得像慵懒的胖子。而起先总是盘旋在企鹅群上空的贼鸥似乎不是那么大的威胁了，它们也已略微懂得照顾自己。在布朗断崖的浅湾中，它们大多几个一群地躲在几米见方的碎冰之下乘凉，或者为了一块冰凉的落脚地互相推搡个不停。父母总在出海，夏季的南冰洋中有足够的磷虾来喂饱这些惊人的大胃王。它们追着父母求食的劲头从来生猛，甚至整个头颅都会深入父母张大的嘴中。但这样的喂食时日无多，当幼鸟的绒毛褪尽，一身的礼服初现，父母便再不理会它们的叫声。它们的命运就交给了自己。

大多数新一代阿德利企鹅的幼鸟已经有了成鸟的模样。一身的黑白“礼服”光鲜水滑，只是个别的绒毛褪得急了些，总在头顶有一撮残留，如同顶着滑稽的帽子。父母已经离开，饥饿逼迫它们从希望湾陡峭的高处蹒跚着聚集到水边。好天气不再，小雪不断，风也开始大了起来，最高处的山峰直接埋入惨白的云里。即使是在湾中，浪头使得我们很难将冲锋舟靠得离岸边或者浮冰更近一些。但前面那些毫无经验的愣头青们仿佛更加惊慌一些，它们拼命地挤在一起，惊恐地望着水面，稍微一点儿响动便惊恐得齐齐扭头退得远远的。短短半个小时，这样的试探反复了十几次，竟然还没见到一只企鹅下水。约翰说正常，愣头青们的试探有时可以持续一天，直到它们实在无法忍受饥饿的时候，总有胆大的会第一个投入海中，之后一群伙伴就会纷纷下水。

这如同一场郑重的成人礼。从那一跳开始，它便要独自面对冷雪冰霜、浩瀚的冰洋以及那些潜藏四处的猎手：海豹、虎鲸，以及凛冽

暴戾的大贼鸥……

遗憾的是，我们并不能像在《帝企鹅日记》里看到的那样，经历它们一生的悲喜，我们甚至见不到那种只生活于南极大陆的巨型企鹅。但几天行程中，我们几乎都能与它们相遇。与在动物园中不同，看到的是它们在艰难自然中的生活，也看见我们不能也不应干预的生死。我记得在捕鲸人湾见到的、本次南极之行的最后一只企鹅。它也许是受了伤，只能在浅水滩里拍水，一只贼鸥似乎已经预见了结局，在一旁静静等待。领队卡拉的声音有些暗哑，但还是带着我离开。“访客之道，在于让主人自己面对命运。”南极有自己的法则，企鹅也要遵守。

也许我守候在这里，守候一生，都无法看到哪怕一寸蓝色的新鲜冰层形成。我也许只能求得暂时地站在对岸，看到哪怕一块冰川崩落入海，露出新鲜的、深蓝色的“伤口”，里面有永恒的安静和忧伤！

对于冰川的期待，随着邮轮逐渐深入南极半岛而变得越来越贪婪。其实，早在邮轮停泊在南设得兰群岛的外围之时，我们曾经瞥见远处岛链上凝脂如玉的小型冰川，它们紧紧地箍在嶙峋的礁石之上， 偶尔在角落里闪烁出幽然的蓝光。在邮轮贴近时，通过望远镜，还能见到似乎有些时间的“伤痕”：冰山断裂时留下的巨大创面，因为时间久远和炎炎夏日而变得模糊不清。但南设得兰群岛的纬度还不算太高，德雷克海峡的洋流裹挟的温度，也让南设得兰群岛的冰川显得脆弱和无精打采。

直到进入了布朗断崖，冰川的气质和规模才显得不那么纤弱和躲闪。尽管夏日的铺张阳光依然在持续消融着冰雪的痕迹。布朗断崖依然活跃的火山活动也让寒冰无法铺满那些满是黑色石砾的海滩。但高纬度的寒冷依然可以让匍匐而下的冰川维系着覆盖半个岛屿的庞大规模：它横卧着从天际线倾泻而下，泛着细碎柔和的光线，如同一条锦袍，软软地搭在火山口的一旁。风骨掩盖了年月，虽说心知已有数百万年的沧桑，仍然有少女般的丰盈。

相形之下，耸立在一旁的火山口显得骨肉嶙峋，那些常年的缝隙深到见骨。遥遥望过去，似乎能望见峰顶的脆弱。只要耳边的风声稍微一响，便有岩石支持不住，陆续地崩落，摩挲着落入峰岩与冰川间的深谷。

我们乘坐的冲锋舟始终提不起速度。几天前经过这里的一场风暴，将没入海中的冰川边缘齐齐切割、揉碎，碎冰扬撒在了整个海湾上，几天之后依然熙攘拥挤，彼此间的缝隙，几乎只能刚刚容纳一艘冲锋舟驶过，伸手就能摸到边界。早有好动的企鹅远离了海滩，它们更愿意站在如山的碎冰上，这会让它们暂时忘记夏日的炎炎正午，享受一点儿熟悉的极地冬季的味道。

我几乎是以极其狼狈的姿态踏上了冰川的低部，面前的斜坡超过50 度，踩上去都并非易事。天气很好，但没了往常低沉的云层遮挡，前几天刚下的新雪消融得很快，探险队踩出的路倒是清晰，但融化的雪水却把整个陡坡搞得一团糟，即使穿着邮轮上租来的防水靴依然无法保持平衡。

行走成了麻烦，而那些步履笨重的绅士企鹅反倒走得更加顺畅些。海拔不高，但极耗体力。我戴着雪镜，用围脖挡住几乎半张脸，把整个人都缩在厚实的防风衣下面，盯住前面人的脚，一路趔趄着向上爬。新下的雪已经变得越发虚弱，一脚下去就有可能踩出一个深及小腿的雪洞。大家没几句言语，越往上，连风声都小了。反而隐隐地听到汩汩的流水声，藏在脚下的深处，竟是当下周遭唯一的声响。它们可能正在摩挲和重塑着已被插了警示标旗的冰缝边缘，尽管从表面看上去，深达百米的冰缝不过是几道褶皱多些的雪线，却可能隐藏着南极行程中有去无回的最大危险。

之后的几天里再没见过那样的阳光，南极低垂的云层仿佛是一夜生成，牢牢地压在船头。第二天起身，竟然已经开始下雪，雪花细小，如同扬手撒盐。邮轮已经停靠在了纳克港的外面，迎面的岛屿竟然看不真切。隐约感觉出船长的谨慎和极度的小心，海浪一簇簇地将邮轮往海湾里推，船身却只是打转，半晌才前进几米。先行的探险队已经出发，但平坦无碎冰的海湾仿佛惹来了另一种担心，探险队的几艘冲锋舟不像前几次登岛那般果决迅速。尤其在经过那片巨大的冰川断面时，几乎是进两步退一步，面对着这座狭小的海湾，让人有莫名的紧张。

从未有过如此巨大的压迫感。即使站在七层楼高的邮轮顶层，面前的冰川依然如同直接从天上直直砸入海中般，上端隐藏在厚重的云层之中，而躲避在水下的体积，是岛屿的根基向外延伸的庞大部分。露出水面的巨大断层高过百米，邮轮庞大的船身也不过仿若玩具而已。

那些越低就越是幽蓝的，是年岁有百万年之久的老冰，在重力的作用下不断地压实，可以吸收大部分的光线，透出蓝色的光线来。面前的蓝光，如同新鲜的伤口，深沉如同墨汁，暗示着一次甚至数次规模宏大的崩裂。来自意大利的史蒂夫始终期待着再目睹一次鬼斧神工的断裂，在这个季节，他已经到访这里十几次，这段年轻的冰川依然活跃，它曾数次发出轰鸣，并且已在中央留下脆弱而斑驳的伤痕。

我们需要冒雪从另外的方向绕道而上，并被反复提醒着要远离海岸。时而发生的断落，哪怕是极小的规模，掀起的巨浪也会波及甚广，甚至会掀翻和吞没冲锋舟。突如其来的大雪围裹了海湾尽头的山崖，也让本来清晰的黑石路径变得模糊不清。我们几乎是蜷缩着，才能保存一点儿温暖，并且竭力地保持平衡，才能不踉跄地从狭窄的雪路上翻落下去。越到高处，企鹅群偶尔的骚动和嘶鸣都已经听不清楚，只是如同有了幻听，隐约的一点儿声响都会暂时打断我们的步子。

还未到半路，头顶就传来轰鸣声，像是从极远的天边传来的、神明被惹怒时威严的低喝，继而成吨的雪，从冰川上方的山峰上倾泻而下，重重地砸在冰脊上。几分钟后，我们的脚步被再次打断。面前的冰川再次传出窸窣声，好像碎石滚动，响一阵，安静一阵，再响一阵，那声音缩在风里，有些捉摸不定。就在我们认为仅此而已的时候，几块硕大的冰块从数百米的高处裂开， 直直地砸入海中，海浪紧接着开始翻涌，巨大的声响突然充斥整个海湾，连停得很远的邮轮，都被巨浪牵扯着猛烈地颠簸。

并不是所有的冰山都随着洋流四散漂移。至少在普兰纽湾，和缓的海水让大多数的冰山留存了下来，宛如一座丛林。邮轮只能停在中途，即便有着卓越的破冰能力也不敢贸然驶入。那些露出水面十几米高的冰山，也许只是整个体积的十分之一，在深沉的海面之下，它们的体积更加难以想象。

如果说冰川的形成，缘于极地百万年来的积累，那面前的冰山，则显示出气候循环的鬼斧神工。我们坐着冲锋舟穿梭于冰山的缝隙之间，竟然仿佛置身于一个天然的雕塑展览。狂风、海浪，还有间或的光照，使得融化的不同步起到了刻刀的作用，将初时如同平坦足球场的冰山切割得千姿百态。距离相等，仿佛精工细作的纹理，如同放大的织帛，极具美感；有些竟然是从中间塌陷下去，或是如同蚌壳，或是如同软榻，或见到一两只阿德莱海豹，以冰作床，惬意慵懒，冲锋舟驶过也不过微微抬头罢了。

所有到南极的人，都会或多或少地听说斯科特的故事。他是帆船时代的梦、倔强、坚守、传奇和悲歌。时至今日，斯科特的坟墓依然在南极大陆的某处，被厚重的冰雪覆盖，不可寻找。那些曾经去往南极的人，有些永远离开，有些永远守在了那儿。

在跨越德雷克海峡的第二天，颠簸稍减，我窝在位于邮轮五楼的图书馆读斯科特的传记。在著名的“帆船时代”，英国的库克和威德尔，法国的迪尔维尔等在与南半球西风带的强风悍浪搏斗之后，已经将人类的痕迹带入了南极的范围。罗伯特的时期，恰好处于“帆船时代”和“机械时代”之间，从北极带来的极地犬依然是挑战南极大陆的主要运输动力。罗伯特不是探险家，他曾经作为鱼雷专家为英国军队服务。抵达南极点与其说是探险家天然的基因使然，倒不如说是这是关乎着

“英国绅士尊严”的荣耀。

然而罗伯特有一位竞争者，一位更纯粹的冒险家，挪威人罗德尔·阿蒙森。当罗伯特抵达墨尔本，为进入南极做最后准备时，他收到了罗德尔的电报，上面只是简单写着“去往南极”。一场携带着科研任务的冒险就此变成了一场声势浩大的竞赛。当罗伯特付出巨大的代价抵达南极点时，发现了罗德尔在三十五天前留给挪威国王和他本人的信件。他曾在日记中记录了自己的沮丧，这本日记在他返回的途中，随他一起被冰雪埋在了南极。直到后人发现了他和同伴的尸体，他们带回了日记，把他安葬在了南极。

后人无数次地分析过罗伯特失败的原因，比如错误的决策、团队缺乏经验，还有实实在在的坏运气：被浮冰围困二十多天，行进的途中多次遇到暴风雪，西伯利亚小马并不能适应低寒的气候，等等。罗德尔的壮举也并未获得多少感情分，他甚至被认为是“抢夺了罗伯特的荣誉”。一个纯粹的冒险动机甚至比不过罗伯特至死都没有扔掉的岩石样本。它至今依然在考察南极地貌构成中有着重要的地位。

我没看过美国自然博物馆复原的罗伯特驻扎南极时栖身的临时木屋，但我相信在洛科港的博物馆多少能感受到当年一群罗伯特后继者的生存和守望状态。这个被法国探险家发现的袖珍港湾先后被建成英军二战调度站和战后英国科考中心。

直到 1996 年，仅有的几栋建筑在英国南极人类遗产基金会的主持下被重新整修。当年工作人员驻守的格局被仔细地收拾和维持了原状。锈迹斑斑的冰镐、御寒的衣物，甚至厨房里的一应器皿都还整齐地摆放在有了年头的橱柜里。挂在墙上的玛莉莲·梦露像有些斑驳了，但微小的英式吧台旁边，依然悬挂着伊丽莎白女王的黑白照片，二战

Penguin
Post Office
POST BOX
EIIR

MESSAGES
SYLVIE
ANTAR

的时候，她依然年轻美貌。漫长的驻守岁月里，人们竭尽所能地将自己熟悉的生活在这里重建，但一切都有新的规则。即使你是个酒鬼，苏格兰威士忌也是限量供应的珍品。即便是现在，我还是被告知，刚刚投进邮筒的明信片可能需要漫长的六个月才有可能寄回上海，当然，也许会快些，前提是投入的后几天恰好有英国的船只经过。

我在欺骗岛的捕鲸人湾看到了更多的悲伤。这座苍凉的环岛是座威力巨大的活跃火山，1969 年的爆发几乎摧毁了当时所有的科考站，也让捕鲸人湾的大量废弃遗迹被埋入喷发引起的泥石流中。仅存的几栋木屋，当年短暂服役的英国科考站的主建筑，框架已经塌落，破败得有惨白的颜色。更早前的挪威－智利捕鲸油筒已有一半埋入地下，需要走到近前才能看清楚它们的巨大。

鼎盛时期，共有十三家捕鲸公司汇集在这个可以躲避风暴和浮冰的天然良港，但大萧条结束了捕鲸业的黄金时代，木屋的铭文上记载着的他们的最终撤离如同一首悲伤的诗。站在最高点皮德峰向下望去，不断从地下涌出的热水让整个海滩始终笼罩在一片迷雾之中。那些断裂的木舟，还有损毁的围栏，始终弥漫着告别的气息。

并不是所有的人都撤回了智利，四十二个人被永远地埋葬在捕鲸人湾。他们的坟墓已经深埋在厚重的火山灰下。木屋边象征性的、新竖立的十字架，是英国南极人类遗产基金会留下的再度纪念，十字架上只镌刻了“Tommerm Hans A Cullisken”一个名字，但却标识着一个时代的落幕。

也许六年前那个已经探访南极半岛近百次的拉美科学家的话可以很好地告诉我们如何去记忆和接受这些悲伤。“每个人都知道罗伯特当年在日记中写下的最后一句话，‘我现在已没有什么更好的办法。

我们将坚持到底，但我们越来越虚弱，结局已不远了。说来很可惜，但恐怕我已不能再记日记了’，然后收拾行囊，继续前行。”

我们要时刻记得自己的访客身份，那些无论到哪儿都宣称自己是主人的论调，可以扔进垃圾堆了。它只是人类一时的狂妄之语罢了。

“看南极，不能只看现在的情势，要看五年、十年、五十年，甚至更久……”

我一直记得费尔南多的话。我们谈论了经过半世纪酝酿才最终成型的《南极条约》。它成功地遏制了人类的欲望，完好地保存了自然状态下的南极。在它的规约下，人们在以谨慎的姿态接近和了解南极。

但南极曾经受到过创痛。二十世纪初，世界各地的捕鲸船云集南极，本来云集成群的鲸鱼和海豹迅速减少。即便现在，捕鲸业极度收缩，各种环保的措施渐趋严格，要想看到鲸鱼也是完全凭借运气。它们偶尔零星地出现在邮轮的一侧，扬起巨大的尾巴，身影有些孤独。

“如果你还有机会来南极，再看看，人们是否依然谦逊地对待南极。”

六年后，我再访南极，除却日益频繁的科考活动之外，每年到访南极的游客已经达到五万。更多的人类活动是否打扰到南极的宁静，一直是我想要再度探寻的问题。邮轮团队的严谨让人看到了希望：以

租用的靴子来防止其他物种入侵，领队会专门安排课程，讲解与动物的相处之道。规则细致到诸如不能站在海豹的视野之内，以防它们感到紧张，突然暴起伤人。每次登岛，与动物的互相观望，是极其难得的体验。我们开始学着抛弃主人的身份，以平等的姿态，成为谦逊的访客，或者是虔诚的旅人，追求地球原初的纯真和野性。我们的船长在归程中兴致勃勃，在他多次往返于南极的航行中，看到鲸鱼的次数正在逐渐地增加，它们有时会靠得更近，露出美丽的背鳍。那是南极的希望！

拉普兰
雪国尽头与冷酷仙境

当我坐着鲁道夫拉着的雪橇穿越雪地森林的时候，我终于相信，原来父母口中的童话是真的，而远远被抛在地球另一端的钢筋丛林反而影影绰绰，不那么真实起来。

乘坐的航班在一阵厚重的大雪中降落在伊瓦罗的机场，透过舷窗望出去，风挟裹的雪片令机场边缘巨大的灯火都在瑟瑟发抖。十五个小时几乎不间断的飞行造成的混沌在迈出舱门的一瞬间被扑面而来的冷风赶得无影无踪。北极圈内盘桓已久的暗夜造就了世界上最无法抵抗的冷风。我裹上了手边最厚的羽绒服，才勉强有些暖意。只是伸出手来拍了几张照片，指尖已经有了些许针扎般的冰冷刺痛感。

但前来迎接的艾瑞却在给我们大大拥抱的同时连声说着“好天气”。事实上，一直到我们拖着行李在雪地上趔趄着钻上巴士，他依然在为接下来几天的行程可以不受影响而感到兴奋。根据他的说法，这一场雪几乎将拉普兰北部的平均温度提升了十几度。

零下十几度一直被认为是这里进行长时间户外活动的最佳温度。而在平时夜空晴朗的时候，零下三四十度实在是稀松平常的事情。牢牢地把嘴巴捂在围巾之内是明智之举，不然总让人想起在中国东北老林的雪窝里，哈口气就像嚼了满口的冰碴儿。

但拉普兰依然是北极圈内气候最为温和的地区之一。强劲的北大西洋暖流挟裹着巨大热量，使得整座斯堪的纳维亚半岛如同怀抱受到娇宠的绿洲。连我们通往酒店的公路都需要在大片的丛林中曲折前行。与巴士擦身而过的树林，被重雪围裹得如同连绵的雕塑，在车灯的尾光扫过时有暗蓝的宝石光泽，而在短暂的夏季，它们的姿态和生长就如同一场狂欢。仿佛一年的周期就是拉普兰森林的一次深呼吸。这是萨米人（当地最主要的聚居民族）一生中最为重要的节奏。

艾瑞身上就有着萨米人的血统，聆听这片土地的呼吸是母亲教他的第一课，母亲也特别说明，这是他需要穷尽一生才能完成的课程。他跟每一个到访的客人说，来到拉普兰，就要试试萨米人的生活。对于那些因为黑夜过长而导致这里忧郁症患病率过高的传闻，他笑得比谁都大声，只是连连说："明天，明天我们出去，到户外去，到森林里，到湖泊上，然后，你自己分析，我们究竟有没有时间忧郁……"

第二天一早我准时起床，可能是极夜的关系，时差并没有造成多大困扰。上午九点，假日俱乐部的餐厅依然如昨夜抵达时一般灯火通明。乔治已经将极光观赏巴士停在了酒店门口。十点十分，当车子行驶了一个小时，停在了圣度假胜地的乐园入口处时，天色也不过是稍微地从深沉的黑， 逐渐淡成了浓重的蓝。

我们已经在丛林腹地，远离伊瓦罗市区，连游客聚集的萨利色尔卡镇也在几公里之外。唯一闪亮的，是密林中稀疏的灯火，如同悬于半空的明珠，扫得周围雪树的枝杈晶莹一片，像是要燃烧起来。几间房舍，计算精巧，最高处从未超过森林的顶端。屋檐设计如同延展相扣的双翼，将一片灯火全部扣向了地面，连路上以手工打造而成，形状如同雀舍的路灯，也特意加上了盖子。都市里以人造灯光的肆意张扬作为进步的、繁荣的标志，在这里却被严格地约束。这无关乎学界对于光污染的时髦争论，而是本地人不愿意让自己的活动影响了万物

KAMISAK
KAMISAK

仰赖的昼夜更替。无论是夜空晴朗还是密云低伏，天空依然需要保持纯净和不受干扰。至少，游客们不需要辨认悬挂于空中的是真正的北极光，还是一片城镇生活的倒影。

当我还在别人的帮助下手忙脚乱地把自己塞进厚重的特制防寒服中时，桑娜已经开始带着多娜在丛林的边缘开始遛着圈子，做些暖身运动。芬兰马已是极其优质和强悍的种群，体态优美，力道雄浑，尤其是寒冬时节的耐力与负重，无他能及。但即便如此，拉普兰的冬天也是个考验。不提前做些运动，也必然是肌肉僵硬，不得施展，行走起来也是磕绊得很。

见到的几匹马中，多娜不是个头最大的，但确实是其中的出挑“美人”。体态线条如同精心勾勒出来，多一分嫌壮，少一分则显得纤细。浑身一片淡金色的绒毛在冷雪的映衬下有高贵的华丽之感。一身纯金色的马鬃，眼睛似乎是用浓黑的眉笔描出来的，外面还淡淡地围着一圈眼影。几年前，就是这一副标致模样让桑娜瞬间心动，将它从南方的马场带到了这里。

几年之后，桑娜带着多娜加入了圣诞老人度假酒店开设的丛林探秘马队。尤其是冬天，客人会雇用多娜代步，用四到五天的时间行进到森林深处，在人工光线干扰最少的地方支起帐篷，试验一下自己是否有足够的运气，可以捕捉到最壮丽的北极光。每当大雪来临的时候，桑娜总是松开缰绳，走在前面，尽量试探出坚实的地面，多娜则被松开缰绳在后面亦步亦趋地跟着，顺着桑娜的脚印一步一步踩下去。曾经有一两次桑娜不小心滑倒，几乎整个没入了雪堆，多娜急不可待地冲上去，咬着桑娜的衣领把她拽出来。

“从她七岁到十一岁，这更像一种共生。跟挣钱没什么关系，但确实离不开彼此。”尽管芬兰马性格爽利，但我只要一举起相机，多娜就害羞地把脸藏到桑娜身后，必须桑娜轻声地哄一阵子，才微微露出头来瞅瞅镜头，像个孩子一样。

在多娜的背上去森林里兜圈就像是在水晶花园里闲逛，但在回程途中，我得学会怎样跟着八只精力旺盛的哈士奇跑回营地。我们在林中的空地上寻找柴火，支起铁锅烧三文鱼土豆汤当作午餐时，这几个家伙绕在身边不间断地叫了近一个小时，仿佛赶紧沿着自己认识的路跑回营地才是天大的事情。

我们刚刚把上了雪橇的竿子，它们就开始拼命地跑，全不顾我还在默背着教练刚才的各项嘱咐。我全凭着踩脚下一块可以扎入雪底的铁片来控制速度，但八只哈士奇的蛮力令我跟坐在乘客座位的朋友难以招架，时时觉得自己的分量不够重，早晚会被这群大脑简单的家伙甩翻在地上。遇到颠簸的地方，因为踩不住雪橇而不得不跟着它们狂奔，跟在一旁的教练赶紧上手帮忙，瞅着我的狼狈样子哈哈大笑。而前面的八个家伙只是用无辜的眼神回头看了看我，就只忙着在雪地里打滚了，让我都顾不得狼狈，跟着哈哈大笑起来。

如今，狗拉雪橇早已经被雪地摩托取代，但当地的萨米孩子，依然以能拥有这么几只呆头呆脑的哈士奇为骄傲，这是一种冰雪初降时就有的由衷的快乐。

我一直希望能够将雪地摩托开得更快点儿，快到整个人几乎要贴着雪飞起来。拉普兰人似乎就是这样维系着这份超越年龄的快乐。尽管可能一不小心整个人冲翻进雪中，但那又怎样？拉普兰人讨厌越长大越矫情的快乐，我也是。

其实，在拉普兰的冬季做个好的骑手或者司机本不是件容易的事。车技再好的人在这样的冬天里也得重新做个小学生，更别指望像乔治那样把观光巴士开得像在雪上飘一样。但如果因此就放弃驾驶雪地摩托，是绝对的憾事。每年的大雪和极寒几乎封冻了拉普兰所有的湖泊和河流，连面积巨大的依纳利湖也被近四十厘米厚的冰层全境覆盖，湖中曾经互相孤立的千座小岛现在就如同茫茫平原上的小丘。在夏天，依纳利湖区的八百余名居民，必须驱车很长距离才能赶到市镇，而在长达半年的冬季，驾驶雪地摩托就可以取道直线，路上时间可以节约三分之二以上。依纳利湖边，塔帕尼和托马斯父子正在为我即将参加的湖区巡游做最后准备。

每年的十二月到次年一月间，总有大批的游客前来把他们的近二十台雪地摩托租用一空。托马斯从很小的时候就和父亲一起，带着客人们在冰天雪地里转。“这是我们的生活方式，而对于游客来说，这只是一个接近拉普兰的机会。”后备厢中，铁锹、微型钓竿、鱼线、毡布、药箱，也是平时出行时的必需装备。“剩下的，你只需要注意油门和把手，再就是好好享受。”

也许再没有这么过瘾的行程了。在平整的湖面冰层和积雪上滑行就像是突然激起的凛冽的风，可以直扑湖心。塔帕尼父子几天前在这里凿开了一个直径约四十厘米的冰窟，埋下渔网，覆上木板，周围插上枯枝。他们每天巡游的第一站，就是来查看是否有饿昏了头的白鱼撞上网。运气好的时候，一网上来便能有七八条，意味着鲜美的午餐和晚餐就都有了着落。

托马斯总希望在一个冰窟再次封冻之前，能有大约二十条左右的收获。我也跪在洞边，帮着往上拉网。这网比我想象的要大很多，很快就在身边堆了起来。但白鱼似乎也越来越狡猾，今天的收网只拉上来一条小臂长短的鱼。托马斯叹了口气，拿小刀把鱼处理好，回头冲我们眨眨眼睛："这意味着待会儿你们自己钻洞钓鱼，也不会有太好的运气！"然后佯装悲伤，"我们今天中午要饿肚子了。"

但一行人的兴奋点完全没有在吃上。穿越湖面之后，我们攀上一个颠簸的陡坡，竟然就直接登上了小岛。原来缩在远方，如同水墨般的灰色线条，在眼前招展成华丽的森林，与伊瓦罗不同的是，这里的植株因为长年遭受凛冽的狂风，生得不算高大，枝杈却平铺张扬，我们几乎是在仅容一辆雪地摩托的缝隙里穿行。有时还不得不把身子完全伏倒在驾驶座上，才能避免撞到横卧的树干，落一身冷冰冰的雪，冻得直龇牙缝儿。

好在要去的岛上教堂倒是开阔。当年，这座全木质的教堂也是当地居民礼拜、集市的重要地点。二战后期，占领芬兰的德军节节败退，在最后的大撤退中，德军几乎烧毁了途经的所有芬兰式的木质老屋。依纳利地区似乎也只有这栋教堂因为深藏于群岛之中而幸免于难。

现在人们的活动重心早已经转到了附近崭新的依纳利市镇，似乎只有游客，或者追求浪漫的年轻人到这里。"其实巡游还可以延伸更远，但谁也绕不过这座教堂，二百四十多年，风再重一点儿，你或许还能

听到萨米人祖先的歌咏。”

在遇到萨米人之前，我们在自己行进的轨道上遇见了驯鹿。一个小群体，大约十只，硬生生地把道路拦住。领头的公鹿应该刚刚褪去了华丽的双角，但依然极其负责任，镇定自若地踱步到带队的托马斯面前，丝毫没有退让的意思。它们大概是拉普兰地区最无畏的动物，除了对人稍有忌惮，对交通工具的马达轰鸣、灯光和笛声一概无感。它们经常突然跃上高速公路，大摇大摆地散步，或者对着耐住性子跟在后面的司机大摆造型，甚至在我们跪在冰面上凿冰钓鱼的时候，也从远方跳着小方步绕着圈子来探究我们在做什么。对它们来说，自己才是这片土地真正的主人，而人类不过是中途到访的奇怪种族。

萨米人大规模养殖驯鹿的历史最早也不过在 1540 年，只是养殖方式在几个世纪的变迁之中已经大不相同。举家跟随着自己的驯鹿群一起迁徙已经不合时宜。更多的萨米人有固定的居所，将自己的驯鹿做上记号之后，全部放养到森林里。只在每年五月，短暂的春季时分，才由猎人把驯鹿聚集到一起，明晰幼仔的归属权，同时猎杀部分驯鹿，取用鹿皮、鹿角和鹿肉，但只用来维持基本生活之需。萨米人至今依然对大规模的商品贸易不怎么感兴趣。

在西达博物馆①里，依纳利湖区的主要居民“湖区萨米人”的发展历史被完整地记录和整理于此，甚至连新石器时代的木舟都有完整的真品展示。这对从来没有建国打算，只有笼统领地概念的萨米人来说，实在难能可贵。作为欧洲最古老的原住民族之一，萨米人在中世纪强势的文化北迁中曾经遭受过几乎不可恢复的伤害。

直到二十世纪初，说着不同语言的萨米人才开始在“大拉普兰区”

①西达博物馆：由 Sami Museum（萨米博物馆）和 The Northern Lapland Nature Center（北拉普兰自然中心）两部分构成。——编者注

（包括挪威北部、瑞典中北部、芬兰北部和俄罗斯部分地区）重新整理自己的文化，发出自己的声音。开设专门的萨米学校，萨米语言课本陆续出版，以便萨米文化能够在孩子中延续下去。在临近西达，新建的萨尤斯文化中心里，最新一届的芬兰萨米议会拥有着自己独立的办公地址，负责帮助政府协调所有有关萨米的事务。所有的公文告示，甚至连重要新闻，都要同时以芬兰语、北部萨米语、湖区萨米语和东部萨米语进行公示。很多萨米人的孩子，依然可以有机会学习诸如驾驭驯鹿、制作手工艺品的古老技艺。

如今，萨米人古老的手工艺技巧被尊为艺术，驯鹿的皮毛，脱落的利角和骨骼，古老的纺线机上编制出的彩线……这些不仅仅是博物馆中尘封的厚重记忆，也是至今拉普兰从未想过要改变的审美风格。我在远离罗瓦涅米市中心十几公里的山谷中见到了艾琳和艾瑞。这对名声隆重的艺术家在圣诞老人度假酒店大厅中用上百只驯鹿角做成的数只巨型吊灯妖娆神秘，遮掩的灯火星星点点，让人过目难忘。他们倒始终不为声名所动，坚持住在偏远的山区。

艾琳并不信任现代都市，1998 年她从赫尔辛基大学艺术设计专业毕业之后，就鲜有居住在都市的经历。她认为自己的小屋身处在这片森林让人感觉更加安全。她可以喂养和照顾自己的驯鹿，其中的一只已经怀孕，即将生产；她可以利用工作之余在森林里采摘各种梅子来塞满四个冰箱。最相近的邻居在小河的另一边，距离这里大约 2.5 公里。这个空间很舒服，不会太过嘈杂，邻居之间的走动又能更加郑重亲密些。

偶尔会有像我这样的游客到访，大部分的时间，艾琳都独自窝在工作室里为未来的作品设计图样。里面的那一间属于艾瑞，堆满了去年在森林中收集来的驯鹿角。除了制作的工具已经电气化，设计的理念依然

丝毫不改传统的风格。半年前，外甥尤卡从依纳利来到这儿，希望能从实际的制作过程当中掌握萨米手工艺的精髓。“院校里长篇大论的理论梳理，并不见得能让人成为一个出色的萨米手工艺人。”唯一让艾琳感到困扰的，是那些“急躁的南方游客”。“他们总是不愿意在高速公路上行驶时放慢速度，总是记不住那些驯鹿会突然蹿上公路……”

萨米的痕迹几乎随处可见，没有人会纠结何为创新、何为传统。事实上，越是传统的东西，越是受欢迎。正如艾琳提到的，“七八十年代的人总是想着互联网、新手机等一切与国际相连接的东西，但现在，越来越多的年轻人开始重新对传统产生兴趣。”圣诞老人自不必说，至于游客，能够在像金庭酒店这样典型的芬兰极地传统旅馆中度过一晚是拜访拉普兰不可或缺的行程。

大约六年前，依纳利湖边的这栋老宅被重新按照拉普兰地区的古老家居式样重新整修，餐厅中仍旧装置了庞大的铁制火炉，尽管摆满了近三十张餐桌的餐厅空间绵长，但依旧暖意盎然。妹妹负责照料旅馆的日常运转，哥哥则是旅馆的大厨。定期与朋友们到依纳利湖进行钓鱼比赛仍是他重要的习惯。餐厅的角落里摆放着他历次参加钓鱼大赛的照片。钓上来的最大的白鱼甚至有一人高。如果恰巧是在他钓鱼之后拜访，客人们就有可能尝到最为新鲜的传统美味——白鱼土豆汤。清寒的冬日里，几乎只要浅浅地尝上一口，就会遍体生暖。旅店状如芬兰传统木屋的结构和位于伊瓦罗的卡克斯劳丹恩酒店的小木屋群落一脉相承。住在这里，要像一个地道的芬兰人那样，蒸一回芬兰浴，在零下二十几度的气温之下猛地跳入室外的冰泳池。享受一下近五十度温差的冰火体验，当然，这需要足够的勇气。

光线是令人兴奋的，尤其是在拉普兰的极夜。天暗如墨，依靠着钟表来分辨时间的日子，反而让人们对于哪怕一丝的光线都越加敏感。哪怕只有一瞬，或者淡淡的一抹，拉普兰人的眼神里也会迸出色彩来，那种遇见爱情、希望时的色彩，极其新鲜。

阿里是这样跟我解释那条莫名其妙的、关于北欧盛产忧郁症的传闻的：“大概是对北欧神话中毒太深吧，觉得这里的人是为了全世界而承受这样的风雪。”阿里掰着指头数着自己家族上下五代以及周边好友，没有一个忧郁症的病例。“我们其实与世界其他地方并无多少不同，只是天地的呼吸在这里显得更慢一些。快乐也并不一定要仰仗日出日落，而是在于丰实的生活。夏天自不必说，但在冬日，能看到这样的色彩，还需要奢求什么？”

我顺着他手指的方向望出去，时间已近正午十二点，但依然不见太阳的踪影，只是在东边的天际线上，有一条纯净的鱼肚白，溢出的光线恰好扫亮附近森林的雪松顶。每年的十二月到次年一月初，日间最强的光线也不过如此了。对于所有此地居民来讲，预测何时能看到新年的第一次日出是一件永远令人兴致勃勃的事儿。电视台和电台总也给不了准信儿，主持人最后的一句话永远是“让我们期待也许在明天，第一次日出就会到来吧”。

我们的运气足够好，在驱车南下的途中，遇上了或许是这一辈子最为瑰丽和震撼的日出之一。高速公路旁，应该是大片宽广的湖面，被积雪铺盖成毫无痕迹的宽阔白毯。森林被甩得很远，远远地缩成一

从从的，仿佛微缩的盆景，近处，只有一栋孤零零的小木屋。很早就悬挂于东边的朝霞越发红得耀眼起来，像燃烧起来的飘带。淡淡的粉红色奇妙地在周边的雪上泛起，慢慢地攀爬上迎着光线的丛林，甚至身后飘在高处的淡淡云朵。最终，红色的中心亮光一闪，太阳第一次跃出地平线，露出仅有饼干大小的部分。在玛丽马克的某季设计中，这样纯净的粉红色被一再运用，设计师应该也如我这般，见过拉普兰太阳初升的颜色。自此之后，太阳每天跃升一点儿，停留的时间也更长一些，直到盛夏的永昼。

但光线并非只这样出现。自十一月开始，遇见极光几乎是所有人热切的念想。可这位脾气捉摸不定的欧若拉并不轻易展示自己瑰丽的裙摆。拉普兰地区的极光监测和预报系统已是世界领先，但准确度也实在有限。

去年就显得很奇怪，按照惯例，整个十二月是极光的高发期，众多的极光发烧友在这里逗留了很久，欧若拉却一次都没有展现。甚至大雪之后的晴朗夜晚，星星如同钻石般闪动，夜空却依然寂静。直到一月十日，我们抵达伊瓦罗的第二天夜里，一条淡绿色的光带，才隐隐地挂在了卡克斯劳丹思的上空，隐隐的，像一片电子光雾。它或许在动，但也是极其缓慢，色彩也不过淡淡一层，肉眼稍微眨动一下就会若有似无，还是在长曝光的镜头中更加艳丽和浓烈些。

这个夜晚，那些住到了小木屋的人应该心生懊恼，后悔没有预订位于圣诞老人度假酒店中央最新开辟出来的雪地玻璃屋。森林中央难得的大片空地，碗形的玻璃屋相互保持着十米开外的距离。周遭绝少人造光线的干扰，就连屋中的灯火，也特意设计得节制和小巧，躺在床上，三百六十度的夜空毫无遮拦，守夜之时，极光掠过的分分毫毫，

都不会错漏。条件比起传统的雪屋，简直像在天堂。室内恒温十七摄氏度，甚至还配备了小型的独立卫生间。所以，尽管人均四百欧元的花费实在不菲，阿里还是十分推荐客人们至少在这里住上一晚。“尽管是否看得到极光需要运气，但是和爱人在这里相拥着守望星空，或者看漫天飞雪，都是浪漫至极的体验了，像传奇一样。”

唯一可以与这极光的传奇相提并论的，只有凯米港的“香波”号破冰游轮了。单单是五十多年在博特尼亚海湾北部的破冰历程就可以被称作一段史诗。这艘同时配有船首和船尾螺旋桨曾经被公认为当时欧洲第一艘正式运营的破冰船，在服役三十年正式退役之后，开始在凯米港口搭载游客进行冰海巡游。虽然依靠自身的重量压碎冰层的做法如今已经被淘汰，但“香波”号每次出航，并不只在碎冰稀疏的近海敷衍了事，而是直入深海，每每是要破些新冰层的。尤其 1 月之后，博特尼亚海湾的浮冰日益加厚，几乎可以连成一片。船身冲入冰层时陡然引起的巨大震动和轰鸣，有颇为真实的时光感。船身的二三层辟

出了空间作为餐厅和咖啡室，船长也可以在自己的接待室里接待好奇心十足的游客。连往昔的船员舱室和雷达室也都向游客开放。

不过行船时，大部分人都宁愿冒着凛冽海风挤在甲板上，望着巨大的浮冰向两侧翻滚而去。天光依然短暂，行程刚刚过半，太阳就已经跌落至地平线，泛出的光线将冰海涂抹得如同陆地般瑰丽。“香波”号会停下来，放早已穿上橡胶外套的游客跳入冰海之中，享受奇妙的冰海漂游，或者只是在冰面上远远漫步，看一片苍茫天地。

回程路上，我选了暮光之下遥遥拍摄船身的明信片，在咖啡座的角落，借着灯光写给远方的朋友。抬眼已经能够瞥见凯米海岸亮起的灯火，暖暖一片，如同浮起的明珠。一对恋人仍不愿回到舱内，依然站在甲板上紧紧拥靠着。其实无论在地看海，或者在海望陆，总是一片悠远之感，不在熟悉的世界之中。童话也好，神迹也罢，原来真的存在，而营营役役的生活，反而不真切起来了。

卡纳维拉尔角
荒原与星空的史诗

许多的未经之地，其实梦中早已去过，有些甚至很早，早到还是孩童，爱和恨，都很干净，干净到看不到因由。

车子依次通过了四道关卡，我们正渐渐地进入肯尼迪航天中心的腹地。佛罗里达的冬天，鲜有层云滚动的阴天，竟然在这儿遇到了，让整片卡纳维拉尔角显得更加空旷，透着点儿伤和愁。公路的两边是宽广的洼地和沼泽，梅里特岛国家野生动植物保护区和卡纳维拉尔国家海岸公园在这里交会。NASA（美国国家航空航天局）管理着其中大约三分之二的面积。满目望去，最高的松树不过一人多高。在靠近发射塔的区域，偶尔还能看到烧灼后的痕迹。

据安德里亚介绍说，在航天飞机频繁发射的年代，定时定点的烧灼和清理是需要被严格遵守的规则，以免佛罗里达盛产的水鸟以及迁徙而过的候鸟群太过靠近发射平台。航空飞机时代结束之后，这项规则也被视作那个时代留存遗产的一部分而保留了下来。当然，进入保护区深处的想法从未有人亲身实践过，除非你想跟咸水沼泽中约五千条鳄鱼和偶尔出现的野猪群谈谈。

我们的目的地是距离海岸不远的肯尼迪航天中心工业区，我们被一再要求约束自己随意拍照的冲动。自从 1961 年美国的第一艘载人火箭在这里将艾伦·谢帕德送入太空，这里一直是美国航天系统最为核心和神秘的区域。即使当年每一次航天飞机升空，经过层层审批得以进入肯尼迪航天中心进行直播和报道的媒体，其实也被远远地拘束在媒体中心，连如何架设摄像机也需要提前反复设计，由航天中心派出专人负责安装。

直到 2010 年，“奋进”号以及“亚特兰蒂斯”号航天飞船相继退役，NASA 才开始讨论是否将这一区域向公众开放。第一批真正意义上的民间游客在 2011 年 10 月才被允许进入火箭组装厂房。地面上用鲜明的黄线标出了游客行进的路线。身着航天中心制服的工作人员表情严肃地提醒着游客尽量按照中心专业人员指导的路线行进。

对于摄影师来说，可以选择的拍摄角度变得十分有限。我几乎整个人躺在地上也无法将整个屋顶收在镜头之中。但作为“世界体量最大的建筑物”之一，占地 3.24 公顷，高度 160 米，内部容积达到惊人的 3 664 833 立方米的巨型建筑本身就是超乎视觉习惯的巨大冲击。与外部简洁爽利、颇具未来感的装饰风格截然相反，火箭组装厂房用连绵铺张的脚手架与重型拆卸组装设备共同构成了一场向航空工业文明致敬的狂欢。

即使如今天这般阴沉的天气，巨大的舷窗依然能够投下令人迷醉的巨大光晕，让半个多世纪积累起来的奔向太空的努力和骄傲瞬间有了宏大的浪漫与诗意。建筑的一侧，曾经号称世界最大的那扇门关着。安德里亚如今依然对每次门开的日子都记忆犹新。“那是一种大仪式般的震撼，当大门缓缓打开的时候，每个人都能听到滚轮与钢架交合而发出的、类似于滚滚春雷的巨大声响。体量巨大的航天飞机挂在火箭上被缓缓推送出来，竟然也小得像个玩具。”

安德里亚的语调有些伤感，在组装中心的角落里，已经退役的“亚

NASA

UNITED STATES

特兰蒂斯”号被半遮半掩在一堆脚手架的后面。这架在 1985 年首次升空，共进行了 17 次飞行，航程达 18 400 万公里的航天飞机，在 2011 年 7 月 21 日凌晨完成它的最后一次飞行，正式宣布退役。前后长达 30 年的美国航天飞机时代随之宣告结束。

小布什曾经提出耗资高达 90 亿美元的“星座计划”，新研制的“猎户”探空飞行器将接替最后退役的三架航天飞机开展载人飞行，以完成重返月球，建立月球永久基地的宏伟计划。但奥巴马政府却并未对这个计划表示支持，“猎户”探空飞行器的问世遥遥无期，这对长期被巨大的荣誉和骄傲支撑的美国人，以及遍布全世界的 NASA 迷来说，空白的日子和不确定的未来都让回忆变得伤感。“不知什么时候，人们才能重新聚集在卡纳维拉尔角，挤满可可海滩的宾馆，在对面的海滩架起昂贵的摄影器材，只为等待又一次隆重的发射呢？”

但那个年代是值得永远铭记的。人们的努力打消了 NASA 肢解“亚特兰蒂斯”号的计划，肯尼迪航天中心决定比照当初未能升空的“土星 5 号”火箭建造纪念馆的方式，在航天飞机体验中心的旁边再辟出一大片空地，建造另一座超大型的主题纪念馆，用来永久安置“亚特兰蒂斯”号。

跟随着退役宇航员的介绍，在模拟的升空舱中亲身体验航天飞机发射之后，便可以通过一条特别设置的星空之路前往新建的场馆。回旋如星云的通道牵扯了我的步子，伴随所有执行飞行任务的宇航员的当年合影沿着星空延展而去。“哥伦比亚”号与“挑战者”号的两张照片被特别做成了木牌，无论是谁，在木牌前，步子都会凝滞许久。全世界数亿人共同目睹的两场灾难，是记忆中永远的伤痕，深到擦不去，也忘不掉。这也许是世界上罕有的，没有人愿意忘记的悲伤。时至今日，

那些在肯尼迪航天中心工作的退役宇航员，每每谈起，依然会有满面的泪水，不能自已。

我们在午餐时能够亲身与他们重温这些悲痛和回忆。三十多位退役宇航员会轮流在这里与游客分享他们与航天结缘的一生。和我交谈的杰夫·阿利，执行过三次航空飞行，他重新诉说起那些在离心舱里仿佛无尽头的训练，飞机升空时的忐忑，以及太空失重状态下拍到的有如珍珠瀑布般的太空，即使在面对着我们如雷般的欢呼和掌声时，他的语调竟是那样的平和。我还记得会面的最后，他认真地俯下身，为一个大约只有三岁的小女孩解答他是否遇到过外星人的问题：

“是的，我们是在期盼可能遇到他们，就像我们期盼每一次飞行一样。我们经历了一个伟大的时代，而我有幸参与其中！比起别人，我们离星空更近了一步，但在更远的地方，秘密和未知依然那么美妙！”

北领地
古老之地的不老歌

我们计划像猛士一样在北领地的蛮荒里飞奔三天，却最终被这里的沉默和深邃折服，如虔诚的信徒一般，看另一种生活。

坐上尼夫帝的车子才不过半个小时，达尔文清丽小城的景色已经很遥远。我们正沿着高速公路笔直东行，用尼夫帝的话说："快得像一根针一样扎入北领地的腹地。"路尽头已是匍匐的丛林，因为漫长的旱季而显出大片焦渴的颜色。一些土地正被按照原住民古老的传统进行灼烧，有巨大的烟柱涌上高空，仿佛神秘静默的祈祷。

我们正在进入他们的领地。

达尔文节上，他们的传统被整理和包装，成为展览和颁奖礼的主角，在拍卖市场上标出天价。音乐节上，和着电子鼓点的迪爵瑞都（Didjeridu，澳洲原住民的传统乐器，以粗细不等的空心树干制成）奏出的旋律会获得最挑剔的青年人如潮般的掌声和欢呼。但他们依然拥有并坚持着自己古老悠远的习俗和传统，谨慎地审视着我们熟悉的现代生活，却保持着距离。原住民艺术家们反复地强调，他们一切的灵感都来源于自己生活的土地和从父母祖辈口口相传的历史和故事。在他们距离城市不远的领地里，族长操着不太熟练的、口音浓重的英语介绍着"喷头水"，一种带着巫术意味的欢迎仪式；他向我们演示一位十四岁的原住民男生如何用削尖的树枝猎取一只动物来证明自己的成年；还有他悠远嘶哑的歌喉，用的是属于他姓氏的古老语言。他的小女儿只有十一岁，跟着他歌咏就像是在虔诚地祭祀。她能说一口流利的英语，会使用 iPhone，会用晒干的棕榈叶子编织从浅棕色渐变成淡紫色的坐垫和袋子，而且不打算遵从家族的传统在十三岁结婚。

在我们正前往的北领地腹地——卡卡杜和阿纳姆地的绝大部分地区，以上提到的，只是洪荒生活中的点滴片段。在库克船长穿越海洋踏上这片大陆之前，他们就依靠着古老的传统在这里生活了数百万年之久。蛮荒之时的故事，由祖父讲给孙辈，时光韶华，即使是十几岁的孩子，讲起来也深沉悠远，仿佛已在这片土地上活过千年。“被偷走的一代”曾经是巨大的伤口，对于达尔文，我刻意不问，他们也不愿多谈。

直到上世纪 70 年代，古老的民族与当代政府订立了新的契约。曾经口口相传的与土地相依的命运，被以法律的形式重新确立。包括卡卡杜与阿兰德在内的大片北方土地被归还和保护。澳大利亚政府随即出台了一系列法规来规范和平衡旅游业的发展，保护原住民的生活不被络绎不绝的观光客干扰。除了提早委托旅行社办好游览许可之外，出发前的清晨，我用了近一个小时来浏览百余条游览须知。无所顾忌的旅行者不受欢迎，甚至会因为鲁莽和冒犯而被强行送出卡卡杜。

预算、时间、攻略、行程……太多的事情让我们脚步匆匆。将经过的旅途折叠成模型，观其大略，不求甚解。但太多的地方，偏偏是要慢下来，才能洞悉气质，窥见精髓的。

尼夫帝显得轻松很多，过去的四年里，除了在达尔文和朋友喝几杯，或者去滩涂和海边钓澳洲肺鱼，大部分时间，他和其他导游一样，开着自己的越野车带着客人穿越卡卡杜地区，常去的景点附近的部族对这位长年留着络腮胡子，戴着渔夫帽，打扮得活像个现代版鳄鱼邓迪先生的四十多岁的男人充满好感。

“除了科学之外，也许我们从传说的角度，能更清楚地看这片土地。”与原住民的交谈让尼夫帝对这里草木的了解如同一本百科全书。他可以站在两米高的白蚁冢前把这个复杂的建筑系统讲得清清楚楚，他可以辨认出已经攒满了种子的野果，对于原住民来说，那是每年他们可以去收集鳄鱼蛋和乌龟蛋的信号。而每当我们靠近水泽，他就警惕得像个猎人，一边注意着水面的波纹和响动，一边提醒我们一定要与水边保持五步以上的距离，免得潜藏在水下的鳄鱼会蜂拥而上。

我们走的并非是寻常的游览路线，越过玛丽河之后便转了个大弯直接向南。柏油路已经不见踪影，土路开始蜿蜒曲折，有轻微的变形和颠簸，车轮经过，便会卷起巨大的灰尘。焦渴的密林时不时地被宽广的平原分割开来，仿佛是巨大天幕下的盆景。偶尔可以看到成群的野马被马达声惊扰，狂奔到密林深处，啼声如同绵绵的滚雷。

每年的雨季，长达半年的时间里，连日暴雨泛起的洪水会将南部

的大片区域变成泽国，将所有的公路掩藏在水线之下。直到旱季来临，洪水才会迅速地衰退成溪流或者浅湖。因此，即使是澳大利亚人，除非是乐于探险或者做足功课，否则少有人驱车漫游位于卡卡杜南部的马古柯。但那一段一个半小时的徒步，实在是窥见了卡卡杜不常示人的内秀一面。旱季一片焦渴，偏偏这里有藏得极深的泉眼，而且水势极旺，竟然浩浩荡荡地引出了一条山溪，滋养得山脚下一片雨林极其繁茂，参天的树木能长到近四层楼之高。

步行的小路离山溪不远，稍一凑近就能看到水深之处碧青的颜色。翻过一座小山，就能看到深山处泉水倾泻而来的脉络，在跃崖而下之前，竟在脚下的凹陷里灌出了两个巨大的蓝洞。晴好天气，阳光一照，蓝色仿佛是洗过的玉石，不掺一丝的杂质。悬崖之下，仿若玉盘的一座深潭，陷在亮橙色的山石之间，波澜不惊。尤其难得的是，由于山溪浅显，沿路的石滩又多，卡卡杜水域随处可见的鳄鱼无法到达这片水域，因此马古柯也成了卡卡杜国家公园中为数不多的天然游泳池。临走的时候，正撞见一群从墨尔本赶来度假的年轻人，熟门熟路地占了深潭角落那块宽敞的青石板，换了泳装就直跳下去，好像这是自家院落，可以恣意张扬。

但卡卡杜亲近水泽的地方绝不止这一处。我们在尼夫帝的后车厢里吃了顿自制的培根卷饼之后，便早早启程，回身折返在卡卡杜中部的黄水河。相比起马古柯的内秀隐秘，黄水河早已名声在外。即使在旱季，蜿蜒回环的河道依然可以绵延十公里之长。

沿途滋养的大片滩涂和断续分布的红树林，几乎聚集了北领地范围内所有的生物物种。连平时极其胆小敏感、难觅踪迹的澳洲野牛，旱季里也独独在黄水河流域频频现身，引得大批的动物学家和观光客

蜂拥而至。尤其午后时分，飞禽走兽，都要聚集在河边饮水，租艘船出去，简直像在逛动物园：只是角色调了个儿，鹈鹕也好，灰鹳也罢，一律怡然自得、闲庭信步，倒是我们，一路屏声敛息，生怕动静大了，惊得一片纷纷钻进树林或者潜入水底，白讨了没趣。何况那些古灵精怪的生物，专爱栖身在不起眼的角落里，若不是有驾船的琼指点，根本发觉不到。

琼出生在卡卡杜，父母是最早一批在卡卡杜地区帮助原住民社区发展的社会工作者。在完成了大学学业之后，琼选择重返卡卡杜，在黄水河做起了驾船的导游。除了每天带着客人观察动物、浏览风光之外，他还需要巡视整个黄水河区域，做些野外救助的工作。“能天天守着这些从小看到大的风景，看看动物们就像会见老朋友，这多惬意。”

他知道船行到哪个地方，大致就能看到什么动物，甚至常见的那只红嘴雉的窝在哪儿，他都了如指掌。相比起那些外地来这里工作的同事，琼有自己独特的习惯。一是行船之时，马力从不开满，马达声尽量压到最低。旱季的黄水河，连风声都难听到，又怎么能让这马达声扰了这里的宁静。二是琼的钓竿从不离身。带我出河的时候，他的钓竿就立在他的身边，持竿的地方已经被摩挲得异常光滑。

只要有时间，琼总喜欢在船上多待一会儿，钓钓鱼，对他来说，这不是爱好，而是理所当然的生活方式。何况，黄水河是垂钓澳洲肺鱼的胜地，这种生性凶猛、体长可以达到一米的鱼在北领地大量繁殖，每年吸引着上万的钓鱼爱好者前来试试运气。用的诱饵也是有别于他，只用铁片做成小鱼的形状，上面缀满细钩，远远甩到红树林根底下的浅滩里，再一抖一抖的往回收，往往就能引得那些贪婪粗心的鱼儿上钩。不过钓的人多了，鱼儿也越来越狡猾，琼想钓条上来让我们看看，甩了十来次竿子，我们也不过看到一张绕着长须的嘴，急急地追了饵子一段，又折身返了回去。琼也不怎么在意，平时即使钓上来，他也大多摘下来再丢回水里去。何况政府也对钓肺鱼做了严格的规定，只有超过规定体长的才可以留下，并且一天不能超过五条。

回航的时候太阳已经开始西沉，琼索性把船掉了头停下来，指指太阳的方向。日头已经沉得压在树梢上了，一条宽宽的金带在水上轻轻地漾着，喷涂出来的晚霞，竟然笼罩得漫天漫地一片粉红色。我正对着镜头里的景色暗暗赞叹时，琼突然拉了一下我的衣服，往水里一指："看，George！"就在那金带漾来漾去的地方，一枝枯树干般的鳄鱼现出嘴巴、眼睛、背上的鳞，还有缓慢摇摆的尾巴。这条名叫George的鳄鱼，才是黄水河乃至整个卡卡杜永远的主角。

若是雨季里，鳄鱼们都分散开去，反倒难以见到。只有旱季，水面的收缩可以将几百条鳄鱼同时集中在黄水河中。只是George几乎从未动过迁徙的念头，无论旱季、雨季，琼总能跟这个体长近六米的大家伙碰上几回头。他给它起了名字，偶尔会跟着它的行踪，做些科研上的考察。所有的行船也对鳄鱼礼让得很，只要在前方发现了游动的涟漪，都会停了马达，等鳄鱼游过再重新启动，像古老的仪式中，平民们簇拥、围观着真正的王者。不过当天我们很有运气，George竟然尾随着我们的船半个小时有余，甚至一直游到了泊船的码头。"现在是晚餐时间，"琼哈哈大笑，"它可能是闻到我们的味道了。"

Judy
Opitz

这山头，先祖们还看着他们守着生活，等到有一天，他也会在这里，看着儿孙继续古老的生活哲学！

在卡卡杜，部族的栖息地大多远远地避开旅行地。层层丛林遮掩，至多看到时不时腾空而起的烧荒的烟柱。尼夫帝决定带我们去阿纳姆地，虽然与卡卡杜的领地只隔着一条浅浅的河湾，阿纳姆地却是原住民文化保留最为完整，也是至今依然活力四射的区域。宽阔的平原之上开始出现矗立的连绵山脉，裸露的巨石因为雨水长期的冲刷和风化，暴露出日经月累才会荡涤出的灰白颜色，随着路途的行进，整片整片地流转蔓延。原住民认为万物有灵，山则是其中居住神明和供奉祖先的神圣之所。几乎每座山，都有年代久远、千头万绪的传说，对于附近的部族，是他们维系生活方式和精神信仰的支柱。因此，大多数的山峰和附属的土地被视为只有部族人员才可以进入的圣地。

阿纳姆地的游览规则更加严格，在未到达目的地之前，随意停车和下车走动都被严格禁止。而我们要去的尹加拉克山，位于阿纳姆地的中央区域，是为数不多的、经过协商而向游客有限开放的圣山之一。而因为原住民艺术在国际市场上大放异彩的尹加拉克艺术文化中心就在圣山的脚下。

导游阿蒙平时就在艺术中心工作，他的画作曾经数度入选澳洲的原住民艺术国际展览，写出的诗作在当地也流行颇广。圣山开放之初，他便在第一批接待游客的导游之中，因为“没人比他讲祖先的故事讲得更好”。当然，阿蒙的英语也极其有限，在登山途中，他经常突然就停下来，拍着脑袋想单词。也正因为如此，当我们站到那块布满了巨型岩画的如同扇子般的巨石底下时，时间仿佛一下子变慢了，和阿蒙缓慢的话语渐渐合拍。头顶上的岩画，大多已经有百万年之久，只是因为石峰向前伸展，遮住了风雨，这些用各色的石块加水制出颜料勾勒出的图案，在百万年之后，依然清晰艳丽。

原住民曾经不擅长用文字，绘画和歌咏是他们记录和传承时光的方式。每每登上圣山作画，都是一场漫长的宗教祭奠。完成一幅画作通常需要两天，或者更长的时间。累了，便在避风的角落里睡去，醒来继续。即使图案简单，也用了十足的气力和心力。题材仍是牢牢地连接着这片土地，草虫万物，还有神魔英雄，再带孩子来看时，口中就有了故事。百万年下来，图片一层一层铺展重叠，但阿蒙依然能清晰地记得每幅图画对应的传说和故事，甚至那些悠长繁冗的祈祷调子都不错一个音符。

当我们静无声息地穿过部族先祖的墓穴，来到面向部族所在山水的悬崖边上，阿蒙就独自一人坐在悬崖的最前端，哼着古老的调子，望着山下的村庄，目光如鹰。村里又添置了几间政府资助的新房，女人们聚集在广场的凉棚下做着手工，艺术中心的艺术家们刚刚完成了一幅大型画作，几个人搬着在广场晒干的湿漉漉的颜料……阿蒙说着新技术、新访客、新房间和新生意……可一切其实都没怎么变化，这山头，先祖们还看着他们守着生活，等到有一天，他也会在这里，看着儿孙继续古老的生活哲学！

所以，无论何时来，只要在这儿，自己习以为常的那些生活方式都得暂停，跟他们学着静下来，慢下来，重新与大地连接、呼吸，甚至对话。就连我们行程中最后拜访的奢华酒店瓦尔德曼瓦尔德斯旅舍，

也少见都市的矫揉，只做了十间独立的木屋和十五顶粗帆布搭起的帐篷，中间的大堂也是横平竖直，一点儿累赘也没有，简素得很，万般风华让给了玛丽河一旁空旷的焦黄土地。成片从玛丽河岸飞来的野鸭，三两只蹦跳而过的大袋鼠，还有不远处新生长出来的蚁冢森林……无一样与自我的生活有关，却是这片土地的原初。设计师在成功完成了乌鲁鲁岩华篷酒店之后，让同样的概念以更低调的姿态在玛丽河复生。

临近黄昏，我坐在泳池边，看着工作人员将露台上巨大的火盆堆满了木材，燃起篝火，参加原住民徒步的客人刚刚回来，交谈都是低低的。太阳西坠得快，转眼就已经压到森林的边儿，光浓烈得如同鲜血，喷涂得这片土地要烧起来一样。起先待在屋子里的人，都披着毯子纷纷出来，默默地看着。背后的那端，暗色已经涌起，甚至可以依稀看到密集的星辰。耳边似乎又响起阿蒙吟唱的古调。我们计划像猛士一样在北领地的蛮荒里飞奔三天，却最终被这里的沉默和深邃折服，如虔诚的信徒一般，看另一种生活。

怒江源
我在云深深处

我深信，在每个可以摸清脉络的水泽源头都住着神明。所以，一切朝向明确的苦行，都有坚定的结果。

从六库到丙中洛是一个漫长的旅程，山路回环向前，在经过每个山口时都以为快要到达目的地了，山路一转，便又绵绵延延地伸到天边去了。

驾车的徐师傅常年带着客人探访怒江源，蛛网般密布的山路他闭着眼睛都能如数家珍。开起车来更是信马由缰，一脚油门踩到底，转弯的时候也丝毫不减速，长鸣着笛声，几乎快要冲出去的时候再猛打方向盘。车里的人像包袱一样被猛地甩到一边，徐师傅在一片惊呼声中哈哈大笑。

这实在是最合适的探访怒江源的季节：整个冬季一直到少雨的五月，路况清朗疏阔，少见巨石崩落，阻断行程。若是雨量一增，本来就显得脆弱的山路便会有多处塌陷，千疮百孔，到丙中洛就得全凭运气。

没人打算一路坐到终点，时间反倒充裕得很。时常央了徐师傅寻一个敞阔的地方略停，下来望着山水发会儿呆。怒江正值枯水期，已经没有浩荡翻滚的气势，反而是去浊留清，水声浅浅，如安静的玉带般缠绕着山脉而去。途中经过据说已有万年的石月亮山，那汪水静得似乎感觉不到涟漪，空中连片的流云都可以完整地倒映在水中。

如今正是冬季，若到春来，附近村寨的青年男女们，便会走上十几里山路，在这里互换信物，订下终身。若是认真遵循着古老的规矩，还要一起到更前面一些的“老虎跳”祭奠山神。那是怒江中游最为狭窄和湍急的地方，即使在这样的枯水期，江水被横在两岸的巨石一锁，波涛都有风雷之声，顺着怒江大峡谷可以传出很远。

早先时候盛大的山祭如今已经渐渐地销声匿迹了，反倒是游客们还惦记着古老的仪式，每每都要到这里看看，唏嘘一番。

但我依然深信当地人对山的眷恋。头晚歇脚的老姆当村，典型的傈僳族村寨，海拔三千多米，驾车沿着倾斜四十五度的山路盘旋而上也需要近两个小时。但全村过百户的傈僳与纳西族人，丝毫没有动过要下迁到更为便利的县城的念头。

虽然平日里他们已经穿起了县城里流行的蓝布衫，但男人背上斜肩而挎的布包依然满是精致艳丽的图腾花纹；每逢节庆或者红白喜事，女人还是上下齐备，服装配饰如雀翎般骄傲雍容。主人每逢红白喜事，还是会在家中木楼围起的庭院中摆开筵席，入门必要喝一杯米酒，再吃颇具傈僳族风情的手抓饭。

村长已是三个孩子的父亲，大儿子即将从村中的小学毕业，准备去县城上中学。村长说男人应该见见世面，但他相信，儿子终究还是要回来。作为人生的第一位老师，他说他唯一教会的，是孩子对这片山水的爱，这是生活的根苗，需要代代相传，生生不息。

我们入住的当晚，正是圣诞夜。百余年前，连如此盘旋的山路还未有，传教士如苦行僧般翻山越岭，将基督教传入此间。即使位于山顶的村庄，也在最早能够迎到阳光的地方辟出一块平地，建造起了礼拜堂。

每逢圣诞，附近四乡八镇的居民往往要连续赶上一两天的山路，汇集到此举行唱诗会。最近几年渐成气候，声势渐隆，甚至吸引了外国游客专程到此。当天下午，太阳早早地就躲到了对面的山头后面，只剩下一缕暖黄的光线照在教堂的四围。整个怒江峡谷已经越来越往一抹深蓝的颜色里陷落进去。直到近千名村民聚集到教堂，四周已是一片黑暗，只有教堂一处，灯火通明，仿佛悬于夜空的一颗星辰。

牧师在用纳西语讲经文，众人沿着连起来的长凳拥挤地坐在一起，女人头上艳红的珠络蔓延成一片肃穆沉静的颜色。当大家应和着牧师的手势，伴着风琴唱起圣歌的时候，所有坐在一旁的我们，在歌声涌起的那一刻，都呆住了。我们熟知的，唱西南山歌的嗓子，成百上千地如同从深沉的谷底涌上夜空，填满了身边的每一寸空间。仿佛每个人都在对着天空吟唱，声浪从山顶奔出去，碰上对岸的山头又折返回来，在深谷中引起巨大的洪声。

身边来自法国的珍妮特，沿途困苦艰险未牢骚一句的坚强人物，此刻早已泪流满面。熟悉旋律中陌生的歌词，世界似乎别无他处可以有这样的震撼。村长指着目光尽头的白云生处，那里便是丙中洛，恐怕也能微微听到这歌声吧。

到丙中洛的路依然蜿蜒，只是怒江从未离开身边，水声与仪态也是越发温柔。紧挨着丙中洛的城门，怒江的第一弯，全无奔腾而出的怒声，反而像一块翠绿的玉环，围出水泽当中仿佛世外桃源般的小岛。

等到浓春，小岛的岸边，养了数十年的桃花会像锦霞般开放。虽然还在冬天，峡谷里的温润氛围却依然维系着大片的绿色，尤其正午日光正盛的时候，简直就是小阳春。丙中洛街道上不怎么见客人，也会分外热闹。大家都放下手里的生意，随意找个街边一聚，就可以晒晒太阳，聊聊天。时间就好像这么停下来，不再走了。

我们的行李都卸在了丙中洛。第二天只背了帐篷和必要的应用之物徒步这次旅行中的最后一段路。天刚蒙蒙亮，东面遥远的雪峰已经被初升的阳光喷涂成了连绵的金色。通向雾里村的山路依然沉在青蓝的雾霭之中。作为目前已不多见的、留存着最初风貌的羌族村落，这座村落依然严守着百年前的生活哲学，沿途近十里的山路，不建一座跨越怒江的桥梁。要想进到村子里，依然只能再前行十里，从古老的德拉姆茶马古道绕过去。周围皆是绝壁，只在中间开出一条宽约丈余、宛如缝隙的路，两驾马车不能并行。村子就被一条江水隔在了彼岸，只能远远地观瞧。

但最妙的还不止于此，山谷还是沉沉的暗色，一家、两家……早饭的炊烟从屋檐的缝隙里冒出来，并不向上飘，而是平地如同流云般扩散开去。整座错落着木屋的山坡瞬间就陷入了缥缈之中，仿若仙境。

我们一群人就站在对岸静静地望着，直到阳光越过前面的山梁，铺满山谷。两个孩子背着书包从我们身后悄悄经过。应该是下学的兄妹俩吧，哥哥紧紧攥着妹妹的手，沿着山路慢慢地走到茶马古道的入口。是雾里村的孩子，顿时觉得，像他们这般，生活在这样的村子里，应该是有独到的平实与幸福。

Part 02

但愿旧人万岁
旧情万岁

我走过这些城，看它们惨烈地与时光对决。每次的旅程，就像在探寻它们维系着雍容与芳华背后的遭遇和伤痕。即使明知这战争是输定的,也是执拗地输得慢一些，再慢一些。我羡慕那些生活在这些城市里的人，他们懂得如何让那些最美的人和事，在心底，好好保重。

卢瓦尔河谷
和弗朗索瓦聊聊天

2013 年的春天，似乎有点儿悲伤。无论是上海，还是巴黎，低温，而且阴雨连绵。这样的天气让我在面对一些告别时更加艰难。有预谋的、没征兆的、有情由的、没原因的……似乎告别在那个季节是件极其时髦的事。都在告别，似乎坚守都是奢侈品了。其实像卢瓦尔河谷这样，城堡守着生活，生活守着城堡，有何不好？弗朗索瓦和他的王室，一个时代结束，但他的血脉从未远离。这样不好吗？

太阳西坠得比我们的脚步还要快。越过卢瓦尔河的晚风，已经开始带着阵阵深沉的凉意。我在一个最怪异的季节到访卢瓦尔河谷。这几乎是几十年来最冷的春天，气温如同在冬眠，始终不能昂扬起来，早晚时分，套上毛衣我都禁不住瑟瑟发抖。一路上，酒庄主的脸色多少都带着些沮丧。远处成片的葡萄园里，新长出的叶子只刚刚攀住了深褐色的根茎，无精打采的。今年的收成和口味都似乎摇摇欲坠，即便在这个雍容华贵、当年备受王族青睐的产区，只怕要有另一个颇为悲伤的年份。

克里斯托弗远远地在前面领路，不经营葡萄园的他，除了抱怨自己不能收拾出冲浪板，跑到南部的海滩晒太阳之外，其他倒没什么。

他大部分时间都裹着那件有些年头的风衣，沿着卢瓦尔河谷反复行走。他的右手时不时都会在用了几年的相机上反复摩挲，用他自己的话说，“就像个精神失常的迷途客”，只有在眼前的景色激得灵感一闪时，他才会迅速显得兴致勃勃，摆稳相机，像只狩猎的鹰。

“再走快些！”克里斯托弗的声音透着焦虑，还藏着对我总是落在后面慢慢吞吞踱步的一点儿愠怒。卢瓦尔河上泛起的绯红色的光泽已经渐渐漫上了河岸，喷涂得每个人的瞳孔都沾染了颜色。夕阳的第一道金色光线已经挂到了昂布瓦兹城堡的那丛骄傲的尖顶上。我们还需要在距离大约一公里远的桥上横穿卢瓦尔河，绕入河对岸狭窄的小路，可能还要踏上一段长满坚硬荒草的河岸，才能看到将自己完全沐浴于夕阳之下的昂布瓦兹城堡。

贪恋途中风景的结果，就是我们不得不一路狂奔到预定地点。河岸上已经聚拢了不少人，那些和我们一样步履踉跄，头发凌乱，手扶着墙，撑着腰大口吸气的，大多是第一次到访的游客，冒冒失失，望着卢瓦尔河水波荡漾，像是失了魂魄，当初定下的计划再精致，也全无约束力，每每时间分配不匀，顺着河走，一路都是仓仓促促。路旁唯一的小酒馆Le Shaker中的伙计正从狭小的里间搬桌椅出来，在河沿岸一字摆开，一边还不忘回头对这些初来乍到的游客们揶揄几句笑话。

老游客和当地人就从容得多了。弗兰克大叔大约三十分钟前出门，戴着最爱的那条蓝格子小围巾，褶角都被夫人一丝不苟地打理过。已经是暮春，夕阳后移到晚上九点左右，足够他在出门前从从容容地就着白葡萄酒吃完夫人煎好的白鱼。他的老金毛会早早地叼来他一直使用的那台老莱卡，十几年来他一直用它拍摄各个时间与天气之下的昂布瓦兹城堡。

每个晚上，他几乎都成了游客们临时的摄影老师，甚至细致到可以告诉我，再沿着河岸往前走几步，从那尊新雕刻的、如同天神般的达・芬奇卧像的缝隙里，可以拍到极其梦幻的昂布瓦兹。当然，大多是新游客们跃跃欲试，老游客们大多更关心提前很久预订的桌子会摆在哪儿，他们在下午四点左右就会从四面八方的旅馆里闲逛至此，挤在只有十几平方米的小馆子里吃晚饭，然后催着酒保们拿出提前准备好的起泡酒，在合适的位置上摆放自己的桌椅，满口填满芬芳，静待日光落下的那幕华丽“演出”。

弗兰克大叔坚持把夕阳漫过昂布瓦兹城堡称作“演出”：郑重、宏大，从容不迫，天朝上国的华贵气派。那一整块阳光失去了正午时分的威势蜕化成了柔柔的焦黄色，带着些魅惑、温情，或者春闺心绪，如同舞会上艳裳裙摆般地撒下来。仿佛只轻轻地一吻，那片山石、建筑，就像是从沉寂疏离的博物馆中渐渐苏醒，重新盛装。

朝会散去，舞会上演。当日头压住彼岸森林的树尖，当年的法式宫窗被映得如同燃出了灯火，在河面都能折射出几道清晰错落的光痕。整座宫殿如同被点入了一缕精魂，仿佛浓墨重彩瞬间流动，推杯换盏，耳鬓厮磨，演出也要行进到了高潮。邻座起初还相互交谈的几个人，此时也都屏住了声息，只看眼前时间裂了缝隙，透露出当年的芳华来。弗兰克大叔将食指贴着嘴唇：“再静一些，静到透过低低的风声，你是不是听到了弗朗索瓦一世依然在主持舞会？”

这个鼻梁高挺的君主，是始终游荡在卢瓦尔河谷上空的幽灵，如同生前在这里洒遍骨血。这个在干邑城堡出生的王室子孙在野心勃勃的母亲的教育之下登上王位。他拥有“骑士国王”的称号，却在与神圣罗马帝国皇帝查理五世的终生争斗中消耗了自己在政治和军事上的

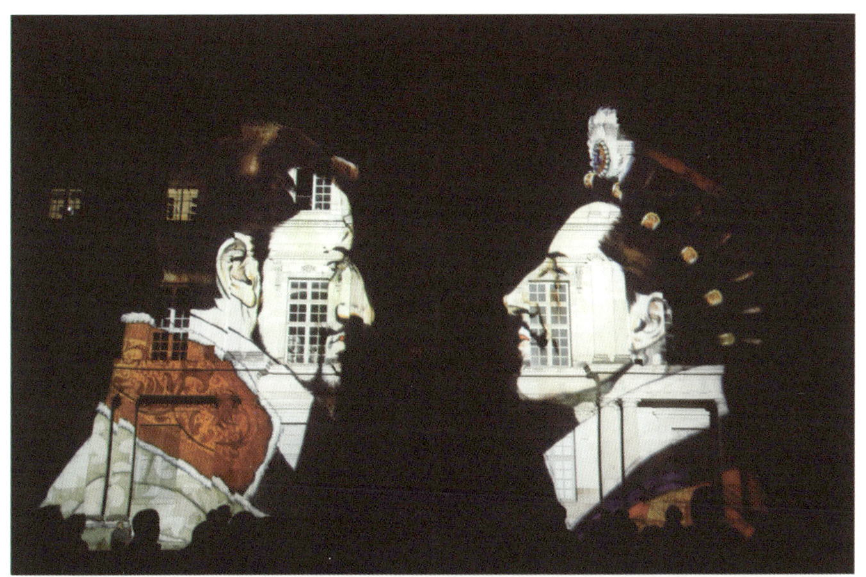

骄傲。他挥霍国库的做法备受诟病，他在宗教立场上的摇摆所造成的血腥至今仍然引发着持续的争论。但在谈论姗姗来迟的法国文艺复兴时，人们保持了对他的敬意。通过与意大利美第奇家族的交往和联姻，他将意大利文艺复兴的火种带到了法国。他开创了法国王室收藏和陈列艺术品的风潮，并且在巴黎和卢瓦尔河谷大兴土木，向由他挑选组成的建筑师顾问团听取意见，学习如何能够打造出雅致高尚的空间。卢瓦尔河谷的格局就在当时逐渐形成，无论是空间上的，还是心理上的。

当人们谈及他与王室留下的数座城堡和花园时，语气大多显得遥远和温柔，仿佛在诉说一段盛演的戏剧，咀嚼出的味道更多的是爱恨情仇。在他亲自下令重新翻修的布洛瓦城堡中陈列的弗朗索瓦一世的塑像，以及代表昂古莱姆和萨伏依的家族徽章依然金碧辉煌，被放置在显眼的位置上。

我说不清我更在意卢瓦尔河谷的弗朗索瓦，还是更在意卢瓦尔河谷的达·芬奇。时势造人，弗朗索瓦是达·芬奇最好的赞助人，达·芬奇也是弗朗索瓦最好的门客。留下的传记小说中，达·芬奇几乎是万能的。但我总是想象一个被称作“天才”的人所容易陷入的恐惧和孤单。若是没有弗朗索瓦，达·芬奇或许没有现在的光芒，他的生活，也或许更加脆弱。

“他带来了达·芬奇！”这是克里斯托弗在全程中唯一一句谈及

弗朗索瓦一世的话。

这也许是弗朗索瓦一世对卢瓦尔河谷最大的仁慈。将这位艺术巨擘请到法国并且在卢瓦尔河谷度过他生命中的最后三年，被视作这位君主最大的功绩之一。巧舌如簧的导游们喜欢谈论达·芬奇，他们始终不自觉地将达·芬奇与他们熟知的任何故事和景点做搭配。

他们信誓旦旦地说，香波堡中的那座著名的双螺旋楼梯就是出自达·芬奇之手。这座双螺旋楼梯其中似乎还牵扯着宫廷的艳史与流言。王后与情妇彼此争斗，她们克制着争吵的冲动，但依然免不了令人尴尬的冷言嘲讽。最后以至于两人如非必要，便不会见面。即使在前往王室宴会或者舞会的途中也是如此。两人各自前往楼梯的一端，拾级而上时，两人始终在一个空间，但最多只闻其声，不见其面，直到位于四楼的宴会大厅。这一奇思妙想几乎在一时间成为所有后继雅致建筑膜拜的标杆。

但文献上对这个双螺旋结构的设计者始终笔法春秋，唯一可以产生联想的，是弗朗索瓦一世习惯倚重他的建筑顾问团队，而达·芬奇正是其中最为重要的宫廷建筑顾问之一。所以，依据严谨的香波堡官方解说，达·芬奇“或许贡献了自己的意见”，同样的描述可能同时出现在舍农索城堡、昂布瓦兹城堡、布洛瓦城堡……以及那些似乎永无休止的修缮和翻新工程中。

所以，更多的人来卢瓦尔河谷是要追寻达·芬奇，而非弗朗索瓦一世。从高耸于小镇之上的昂布瓦兹城堡闲逛而下，我需要赶在一大群游客从广场桌椅上起身之前，沿着狭长的小巷向小镇深处走上一刻钟，穿过克洛·吕斯城堡漆黑的铁门，才能感受一些达·芬奇晚年的宁静。

相比起昂布瓦兹的高调和富丽，克洛·吕斯的安静和精致甚至有点儿撑不起城堡的名号，而更像是一个不问世事的乡绅豪宅。弗朗索瓦一世想必曾经考虑过给自己的贵客更为奢华和耀眼的居所，更适合举办上流舞会，或者定制晚餐。但周旋于王室和贵族之间的达·芬奇，宁愿将自己的居所打造成避世天堂，大片的花园隔绝了市井的嘈杂，主建筑的本身恰当地控制住了流行于贵族之间的炫耀心理，小巧地踞在一角，只用朴素的红砖，窗户也没铺张，能透过足够的光线即可。三楼的几扇窗户，更适合现在生活在阁楼上的鸽子穿梭嬉戏。回廊狭窄，卧室也是素朴简单，客厅的面积比书房大不了多少，闭着眼睛都能想象到访的贵妇提着裙摆的窘迫样子。可想而知达·芬奇对社交生活的寡淡兴趣。

大部分时间，他都喜欢在绿树成荫的花园中独自散步。比起那栋小巧玲珑的住宅，这样大片的花园奢侈得不循常理。时过几百年，那些一人已然搂不过来的巨树，依然没能遮住天空。在这欲热还冷的季节，只不过在地上多添了几层落叶，脚踏下去，听不见声音，即使达·芬奇自己踱步到花园的深处，也不会被打扰思绪。大概只有在弗朗索瓦本人到访的时候，达·芬奇才能稍微正式地欢迎来宾。

他会请弗朗索瓦一世坐在客厅那张花纹繁复的长背椅上，听取他关于新发明的构想。当然，高贵的赞助人可能在地下室花更多的时间。晚年的达·芬奇对于机械的兴趣远超艺术，他为法王设计的众多工程和器具的草图，如今已经被重新整理，并且原样制作，陈列于此。弗朗索瓦曾经幻想利用达·芬奇的设计来重新打造和武装法国军队，以期打败自己的长期对手——从他即位之初就虎视眈眈的查理五世。但达·芬奇的猝然离世让弗朗索瓦的强军之梦顿成泡影。安格尔创作的

《达·芬奇之死》被悬挂于当年达·芬奇逝去的床边。但至今，最可靠的历史研究者在复述这段故事的时候,仍然谨慎地在前面冠以“据传”的字样。弗朗索瓦一世的惊慌失措，以及他最后怀抱达·芬奇的悲伤姿态似乎都有迹可循。那些陈列在城堡底部的机械模型至今都让人惊叹它的前瞻性和革命性。弗朗索瓦一世脑海中的梦幻军队，本将在这些发明的装备之下横扫欧洲，彻底解决瓦卢瓦王朝与哈布斯堡王朝的矛盾与积怨。但一切都随着达·芬奇的病重不治而归于梦幻。

地下室的隐秘一端，藏着一段折叠往复的楼梯，没入地下，连灯火都扫不进的深处。在传说中，这是专属于弗朗索瓦一世的通道，可以让他随时从下榻的昂布瓦兹城堡只身前往克洛·吕斯。如今，地道连接克洛·吕斯城堡的一头已经被锁住，只能微微地借着光亮看到一段古老的轮廓，昂布瓦兹城堡的地下室也是深锁于中。克里斯托弗解释说弗朗索瓦逝去后，从无一人亲身走过这地道，以至于这段传说至今无法验证。这仿佛是弗朗索瓦的私人特权，即使在他死后百年，也无人侵犯。

“一个过于执着的好奇心，往往会毁了一个好故事。”克里斯托弗眨眨眼睛，“就让一切顺其自然吧。”

无人再向往王室生活，就像我们只当旧时光是旧时光，任谁都不会再回去。但卢瓦尔河谷至今依然仰赖那些流传下来的故事生活。他们不厌其烦地向游客讲述那些正史流言，彼此之间谈论坏天气对于葡萄收成的影响。一段时光告别了，但它总会以某种方式留存下来些许痕迹，好让人念想，永远不忘。黛安娜和凯瑟琳的故事，在人们的唇边，总是比书籍或者电影更活色生香一些。

我无法隐藏我的游客身份。肤色、头发、长相，还有身边时不时展开的地图、笔记本，沉重的相机，说英语，还有蹩脚的法语。这让我所遇到的人都更愿意跟我讲弗朗索瓦和达·芬奇，正史宏论、野记杂文。

他们经常在午后时分倚在自家店铺的门口，大声嚷嚷自己家的蔬菜有多么好吃，然后再问游客脚步匆匆是要去哪儿。不管回答什么，他们总是微微点头，波澜不惊，好像忖度不离他的预期。当你刚刚好走过他身边时，他会再嘟囔一句，让你留意某个台阶，或者哪扇暗藏的门，那就是王室的细微琐事，磕磕绊绊这么多年，也成了血肉丰满的理由。但一回过头，他们自己之间，甚少谈论这些。影响葡萄收成的天气和老餐厅的新菜才是他们的家长里短。

我走在昂布瓦兹城堡脚下的那条小街上，循着当地人的指引在拥挤的一片餐厅中找到了当地人中颇有口碑的德拉吉尼昂餐厅。小酒馆不过十五平方米，桌子摆得也节制，算上户外路旁，也不过就十几张桌子。如果不是克里斯托弗提前预订，并且我们准时到达，我们也要像那些冒冒失失的客人一样，只能站在一旁等别人漫长的晚餐结束。

我们的话题迅速迷失在著名的奶酪拼盘和蜗牛汤之中。对于这里动辄可以传上几代的餐厅来说，有几样叫得响的拿手菜至关重要，它不仅能吸引一大批当地的、从爷爷到孙子的忠实拥趸，还能够在这片古老的市镇之中扎下根来，立足长久。

克里斯托弗最喜欢用2002年的本地白葡萄酒来佐那两块蓝奶酪，浓缩的味道就会瞬间从口腔直接溢出到鼻腔，一层一层地，像绽放的花儿一样。蜗牛汤的器皿也很巧妙，木质平盘上的六七个凹槽，每个里面盛一只，似乎都是一口能够嘬尽。但尺寸做得精妙，汤匙是伸不进去的，只能撕着面包一点儿一点儿蘸，实在诱人。这曾经都是宫廷中的珍馐和礼仪，如今成了民间的享受，有了自然而然的随意和软化。可这口味，如同这市镇一般，依然可以轻易地回溯到国王时代的风化。

至多两层的老屋，从未动过扩建的心思，只是做旧如旧地修葺和整理。又一间狭小的空屋被整理出来重新租售，换了名字跟门脸。所以，几百年过去了，曾经的小街还是小街，足够人自如走动。大家都住在一早设计好的格局中，丰俭由人地生活。

还要改什么呢?

改变的只有人罢了，或者连人也未曾改。我不得不暂时把心思从缠绕在舍农索城堡四围的——对黛安娜和凯瑟琳·德·美第奇——情妇与妻子之间混杂着王室情仇、阴谋与炫耀的纠葛上移开，从那些至今保存完好、华丽豪阔、软玉温香的古董大床边离开，这并不是件容易的事情。

昂布瓦兹城堡和香波堡的故事大多关乎版图、疆域、政治风云，这让始终由女人主宰的舍农索城堡越发柔情蜜意、艳光四射。黛安娜在大部分的时间与斗争中掌握着这座城堡，她每天最重要的日程，不是等待国王的到来，而是和自己的建筑顾问一起讨论，如何修整和装饰这座城堡。她将横跨于河面的一层空间翻修成视觉奇特的社交空间。在横跨河流的长廊里举办的盛大舞会曾经是卢瓦尔河谷最令人向往的去处。那些黑白相间的几何拼贴图案，至今依然保持着完美的光泽。当阳光依次透过雕花木窗，瞬间令整个长廊光华绽放。

长久地与凯瑟琳斗智斗勇，让黛安娜的创意总有些不经意间的娇嗔和示威的意味。在她的岁月里，她那缀满天鹅羽毛、用东方昂贵的丝绸和深玫红色丝绒布置的卧室，甚至连隔壁亨利二世的卧室都相形见绌。更别提那几间悬于河上，可以望见舍农索花园的书房，被她装饰得如同置身于珠宝盒子中。即使后来凯瑟琳成为这里的主人，也没有改动分毫。她只是砍了那些错把她的花园设计成黛安娜花园的设计师们的脑袋，并且放逐了自己终生的情敌，却依然在这些华丽的小房间里办公。

城堡左侧，转过花园，隶属于舍农索城堡的“穹顶”酒窖最近刚刚开张，企图延续舍农索葡萄酒的美名。其实，当年在精明的黛安娜的掌握之下，舍农索城堡及其领地的葡萄酒生产就名噪一方，颇受其他领主的青睐。即使她的情敌凯瑟琳企图通过自己的关卡向她征收重税也未能阻止舍农索城堡葡萄酒的声名远播。

重开的酒窖精致玲珑，二十几个橡木桶，站十几个人就几乎没有剩余空间。室内并没有过多装饰，原汁原味地回到了几百年前的风范。酒很新，几瓶酒皆是来自 2010 至 2011 年间，味道有青涩的生猛，与波尔多强调的馥郁和层次恰好相反，甚至有点儿隐约的现代感，似乎更容易佐食如今在法国风起云涌的当代料理。

原本以为是因为战乱和城堡所有权的流转，导致葡萄酒的口味失去了要遵循的传统，但这种臆测很快得到了坚决的否认。卢瓦尔河谷以恬淡为中心的生活哲学始终影响着这里的葡萄酒产业。波尔多以出口为导向的、紧绷和强调的复杂和深邃感在这里并不总是受欢迎。随和、缓慢的清新味道才更贴近卢瓦尔河谷的初衷。清晰到透亮的白葡萄酒，配上刚刚烹好的白鱼肉，应该是当年黛安娜或者凯瑟琳餐桌上备受宠爱的组合。在“女人堡”的美名之下，也更容易俘获女士的芳心。

巴黎人喜欢来卢瓦尔河谷，里昂人喜欢来卢瓦尔河谷，尼斯人喜欢来卢瓦尔河谷……全法国的人都喜欢来卢瓦尔河谷。带着旧时遗风的生活方式是个范本，提醒着人们时光可以不用走得那么快。家族传承，坚守在一起，不算时髦，但郑重得让人尊敬。

爱酒之人甚至可以不用进城堡，而直奔酒窖，就像我们在Gaudrelle城堡做的那样。城堡还在遥远的地方，中间大片的葡萄园在正午的阳光下闪闪发光。我们跟随着查尔斯直接从大门进入地下。这是卢瓦尔地区颇具代表性的地方酒窖，处于葡萄园的岩层正下方，绵延开阔几百平方米，全依仗厚实的岩层保持着酒窖温度和湿度的稳定。

让Gaudrelle城堡引以为傲的白葡萄酒和起泡酒系列就藏在酒窖的最深处，需要压暗灯光，减低噪音，参观时都要敛声屏息，怕惊醒了酝酿的美梦。娇嫩如此，口味也是细腻熨帖，层次简单，却坦坦荡荡，最适合兜住甜品的味道，混一瞬间的迷绚感觉出来，回味也是悠荡荡的，扯在舌根上不愿消散。

查尔斯最喜欢这种感觉，这酒不是为社交宴请酿造的，而像是为在卢瓦尔河谷独处的时光酿造的。“找一个下午，没什么工作，翻几页书，香颂在耳边飘着，就着阳光喝上几杯，自自然然地就醉了。这才是卢瓦尔河谷的风范。”

与查尔斯的闲适相比，维朗德里城堡和花园现在的主人卡瓦罗要考虑的事情很多，而且更像是望族传承的做派。他担心温室里那些用来实验的植株是否能够抵御初夏的微寒，尽快地适应卢瓦尔河谷的气候。

在他特别设置的花园中，除却本土的花朵之外，大部分都是他用实验的方式移植到这里的。攀登上狭小的旋梯，登上城堡最高处的圆形天台，脚下的花园铺展如同华毯，严苛的园艺师将丛丛灌木修剪齐整，不见枝杈。大片的几何图形重新配搭组合，围出不同的图案，图案的中心和缝隙依然空白着，露出本地特有的焦黄土色。几十位工人已经开始在花圃中劳作。他们早已经在算着日子，前几天阴雨一过，他们就得在那些剪切得如同拼图一般的花圃中种下玫瑰的种子，以便在晚夏初秋时，维朗德里花园能够如约重现贵妇裙摆般华丽的盛景。已经将这里的湖畔当作自家的那对天鹅夫妇不知道游到哪里去了；还有那栋城堡，从他有记忆的时候开始就一直在不停地修缮，就像经历了岁月的老人，任何的瑕疵都要得到及时的修补。

在陪同我们参观的三个小时里，卡瓦罗不得不一再礼貌地表示抱歉，短暂地离开，安排人手维修他在导览的过程中发现的损毁和瑕疵。城堡的主体建筑和花园已经向游人开放，甚至在中国游客中人气都颇

旺。国内迅速崛起的地产商们，无不想要设计师能够在中国重现维朗德里花园的盛景。但巨大的人流也给古老的城堡带来了压力，这让维护和修缮工作变得艰难。

卡瓦罗倒十分气定神闲，他把这种状态视作家族传承的一部分。当我要求他站在城堡二楼他的巨幅画像前拍照时，他只是稍微整理了一下衣领，小心地绕过那张有几百年历史的桌台，右手轻轻叠住左手，嘴角微微向上一弯，便是身后画像中的雍容姿态，精准到如同寻常习惯，细节处也能看到几代血脉的积淀和教养。

但他面对的境遇已与祖先不同。与背下那些与这座城堡有关的、交错不清的血缘和姓氏相比，他需要面对的更大挑战是，如何通过对外开放参观以及引进其他的项目来维系整座城堡的运转。他利用自己的花园，为当地的农业进行前瞻性的科技实验，花园中的花卉和草药也可以为家族带来可观的收入。

在当地政府的支持下，卡瓦罗还大方地对当地的中小学开放了进行生态科学体验的项目。大部分的收入被用于照料这栋几乎每一块砖石都有呼吸的城堡。“政府和民众都有共识，我们需要让这些城堡继续自己的生命，它的存在，维系着卢瓦尔河谷一方水土的呼吸和节奏。它在讲述着历史，也讲述着我们的生活方式。”卡瓦罗坦然接受了某些改变，因为它们可以让城堡和花园活着。它的存在和延续，是家族为卢瓦尔河谷领受的使命。

卢瓦尔河谷就是在无数个被领受的使命的呵护中留存了下来。即使在法国大革命这样的激荡年代，主要的建筑和生活风范受到的损伤与别处相比微乎其微。弗朗索瓦的痕迹遍布法国，他建立的枫丹白露名声响亮，如磁石一般吸引着大量游客，但人们依然只习惯到卢瓦尔河谷，佐着白葡萄酒谈论他，以及他的瓦卢瓦王朝。虽然卢瓦尔河谷低调不言，人们依然能嗅到那个文艺君主对这儿的偏爱。地位上，他也许属于巴黎，经济上，他也许倚重波尔多，但他一定是把灵魂和品位留在了这儿。

西庸
是谁在守望

我们并不需要纪念旧时光，因为我们生活的四处，时光皆是未变的。

西庸城堡实在很显眼，渡轮刚刚在蒙特勒一旁缓缓驶过，湖岸就仿佛被周围的山脉推搡着猛地收紧。这是日内瓦湖深入阿尔卑斯山区之前的最后一个港口，通往意大利和法国的公路在上方的山腰接入蒙特勒，并在此延伸到沃韦和洛桑。阴晴不定的早晨是日内瓦湖区夏季的寻常搭配。一阵雨云已从山口那儿涌过来，只留下一寸光线照在西庸城堡上，远远望去像颗耀眼的金钉。

渡轮在贴近城堡时特意放慢了速度，让我们有足够的时间眯起眼睛去看幕布一样的巨墙上的纹理。这些城墙造得奇绝，就像整座巨石直直地砸在湖边，生生地将湖口的峡谷风光切掉了大半，似乎是将巨大的压迫感逼入了狭小的空间。我甚至能够想象数百年前，那些透过聚在城堡顶端的狭小瞭望窗扫视在狭窄湖面的肃杀眼光，不由得身上一阵冷。

即使远方的天空已经开始放晴，西庸周遭的寒意还是无法被驱散。在那些曾经掌握着城堡的贵族眼中，待在西庸的日子总是紧张、谨慎、严肃和激烈的。这关系到进出湖区的繁忙贸易和随之而来的庞大税收。那些金币曾经堆满城堡的地下室，它们能够长时间地维系贵族们在洛桑和沃韦享受穷奢极欲的生活，并且足以支持一场旷日持久的庞大战

争。风光旖旎就留给洛桑和沃韦吧，我甚至都怀疑，当年的贵族在西庸时，是不是连喝葡萄酒都只是浅浅喝两口，就埋头于正事了。

比起在巴黎或者奥地利见到的王族城堡，西庸实在是太小了，小到不过几十个游客就能把入口的“广场”挤得如同菜市场。在等着导游分发印成各种语言的导览册的间隙，人们用英语、法语、意大利语、西班牙语、日语和偶尔的汉语来讨论这样局促的建构是否担得起“城堡”的称号。毕竟只能容单人通过的吊桥，十步到底的堡中广场，还有必须擦身而过的狭窄通道，都让人觉得这更像是个要塞。这简直太小心翼翼，太坚硬，也太缺乏情韵了。

这座历史可以追溯到1150年甚至更早的建筑，天生就丢了世俗的美，偏偏又长出自己卓尔不群的死硬气质来。死硬到每块砖石都能跳到面前讲上一段故事，从阴郁却强悍的萨伏依王族，到后来野蛮狠绝的伯尔尼人，件件风色深重，比任何那些描摹中世纪家族情仇的电视剧都更加黑色。总觉得有些幽灵还长久地住在这儿，在阳光偏移的当口，就会喋喋不休地述说些故事。当年来自意大利的萨伏依王族和后来占据要塞的伯尔尼人难说有那么受人待见，但几百年来拜访者中倒不断有声名更盛者：罗素、雨果、大仲马、拜伦……他们都是在日内瓦湖区逗留期间特意来拜访西庸城堡，想必心里也是暗暗期许着能够遇到一个半个幽灵，得几个独一无二的好故事吧。

我兴致勃勃地要去了却《西庸的囚徒》遗留下的公案。事关瘸腿的浪漫诗人拜伦和曾经被长期囚禁于西庸地下水牢的日内瓦自由主义者佛朗西斯·伯尼瓦尔。曾经囚禁日内瓦自由主义者佛朗西斯·伯尼瓦尔的水牢廊柱上那模糊的字句还在，一说是当年拜伦随手留下的字迹，真假却始终存有争议。连当年正主持修缮城堡的考古学家阿尔特·那艾夫也分辨不清这签名的真伪。本地人约翰却兴趣寥寥，即便是中世纪的建筑大师梅尼耶受托将这座军事要塞重整成贵族的夏宫，但格局终究还是肃杀森严。不是工作必要，本地人是不来的，仿佛是个邻家的花园，日日经过，长久的，一样的，何必再来。约翰极有礼貌地问他是否能离开一段时间，他的妻子极爱城堡近些年推出的专属白葡萄酒，听说他要陪我来，便再三叮嘱再买上几瓶回去。在他看来，这里的时光缓慢,难看出变化,反而毫无保留地把自己都放在了当下的生活，熏陶出雍容的情绪来，才是正事。

产酒的酒庄并不远，站在西庸城堡的塔楼之上，从狭小的瞭望窗中望过去，就能看到湖坡上头，层叠葱茏的葡萄梯田之间，零星几栋痕迹斑斑的小房子，于是央了巴巴拉带我去看。看似挺近，走起来倒有些距离。

每逢周末，附近洛桑、沃韦的人前来品酒度周末，也一律都在如毛细血管的小路上攀上半日，才能入得心仪的酒庄，由主人领着，进藏酒的窖子里选上好酒，现场开一瓶，就着湖光山色品上几口。几百年来，从未改过。位列世界文化遗产，定下的法条烦琐严苛，无论草木、建筑，严禁更改分毫。酒商们也往往是本地人之间流转不断，或者父子之间代代相传。坚守传统的人，才能自觉维护这里的本来面貌。

托马斯半年前提交了扩建地下酒窖的计划书，已经来了几拨人做过现场可执行方案的调查，正式的批复恐怕还要等一段时间。但托马斯看起来对这一切并无异议。他父亲也曾经在此拥有过一片葡萄园，他自小就对这一套程序知根知底。“如果改变，这片酒庄的价值也许就会衰落。”拜天气所赐，这里的葡萄产量与质量极其稳定，并且均衡和足量地供应瑞士境内的市场和高档餐厅。所以即使品质卓越，瑞

士酒却始终没有法国酒和意大利酒那样的好名声。如果想品尝，最好自己来酒庄走一遭。托马斯喜欢在酒庄前面的小广场上摆几张桌子，客人可以边品酒边观赏日内瓦湖的浩荡风光。“莱蒙！我们更喜欢叫她莱蒙湖！”我喜欢巴巴拉说这个单词时的发音，只要舌尖稍微往上一卷，就有优雅和带点儿慵懒的气质流露出来。这恰恰是这地区的精髓所在。奥黛丽·赫本和卓别林都选择在这里度过不受打扰的幸福时光。巴巴拉十年前和丈夫一起偶尔到访此地就决定留下来，在沃韦和洛桑开了自己的巧克力店，儿时的梦想不急不缓地成为这里缓慢生长的一部分是件奇妙的事情。

这里的商铺更新缓慢，彼此之间就像邻家，熟识甚厚。新店开张的当天，几乎半城的人将店铺拥挤得水泄不通。大部分的人先成了朋友，然后才成了顾客。生活的雍容带来了浓厚的人情味。“有些年轻人还是觉得这里缺少变化，他们就像蜜蜂一样成群结队地飞向大城市。但也有不少人，像我一样，见了第一面就着了魔似的爱上然后搬到这里，想在湖边走走，喝杯酒，从容地生活……背后还有不可用语言表达的一切……”

据巴巴拉的说法，这片土地生得太好。城镇铺展于湖岸之上，黄墙红顶，被日内瓦湖的一片水色映衬得炽烈和热情，顺小街道横竖走开，随时可以停下。咖啡店、餐厅……一律都是精致小巧，味道馥郁得很。新建筑不多，老房子大多出自巴洛克和洛可可时期，雕梁画栋，皆是结结实实耗费了时间和功夫的，仿若韶华积攒的蕾丝裙摆，风采始终不减。早晨，或者黄昏，站在洛桑美岸皇宫大酒店客房的阳台上，看着停泊在内港的帆船，抖抖帆布，忽地撒了出去，惊起水鸟飞了一片。身处的酒店已有百余年的风光，走在宽敞的回廊里，总感觉是在古老贵族的巨宅之中，有那个时代特有的骄傲和审美。大厅的穹顶之上有巨型彩色拼贴玻璃窗，在阳光的照射下有巨大的、斑驳的华丽光影。若不是为了能在人气颇旺的法餐厅订上位子,我愿意只在这个大厅里，听着音乐晒晒太阳。

我本无意将这里描述成一个可供避世的目的地。在经历了大都市的节奏和纷扰之后到这里来寻找幸福感并不能真正贴近这里的生活。我们习惯了强调和期待着变化。对这样守望的姿态反而觉得吃惊。有些时候，一些传统总要保留下来，并且在此基础上自由生长。

约翰说,近几年来,起初那些外出的年轻人又逐渐回到了这片区域。不知是见识够了精彩，还是内心终究脱不开依恋。西庸还是那个西庸，城镇还是那些城镇，阿尔卑斯峰顶的积雪长年不化。“也许他们终于懂得了守望的意义吧！”约翰抿了一口白葡萄酒，望望远方，夕阳已经落下去，一群天鹅从面前飘过，他点点头，“是的，天天都是一样的美！”

Bières artisanales
Les Brasseurs
DESSANGE

布鲁日
杀手也有浓情

好电影成就一座城，我其实根本就分不清，究竟是行走在自己的布鲁日里，还是行走在柯林·法瑞尔的布鲁日中。但旅途如梦，似乎也很好。谁的布鲁日，有那么重要吗？

日光醺然，我几乎昏昏欲睡地度过从布鲁塞尔机场到布鲁日近一个小时的路程。临行前热切地希望扑入这座小城怀抱的愿望暂时变得松散，脑海中不断浮现柯林·法瑞尔在《杀手没有假期》中茫然无措的表情。那是个残酷的故事，导演偏选了这座仿佛童话般的城市，用纯美的、超脱于时光的镜头，隐忍着暗流汹涌的迷茫和绝望。冬天里的布鲁日，颜色一律都是淡的，镜头中的人影飘忽，几乎没有一句言语。

来的时候却正巧遇上欧洲最热的夏季，从早晨八点一直到晚上十一点半，阳光总是铺张得炽烈。布鲁日更换了容颜，沿着唯一一条可以容许机动车辆通往城市中心的青石板路望过去，一片明媚的纯净，让人回想起儿时的童话，倒像是十三个小时的飞机，直接飞到了天际，根本不在人间。

之前所做的功课跟行李一起被抛在了酒店。让·皮埃尔坚持认为，没有任何心机的徒步，每一步都如盛夏铺张的阳光一般，没有丝毫的隐藏和灰暗。在这座城市生活了半个世纪之久，并且连续四十几年向到访的客人讲述这座城市的故事，已经是满脸花白胡须的让·皮埃尔却从未感到厌倦。照他的话说，他所诉说的一切，是关乎着布鲁日无关于时光流逝的禀赋和坚持。

小城几乎没有动过什么追赶时光的心思。时至今日，连接起城市各处血脉似的街道依然保持着中世纪的低调。除了只留一条稍宽的石路容许汽车通行之外,其他的路径依然只保持着两三块青石板的宽度，两端行走的人，可以清晰地听见彼此的寒暄。让・皮埃尔每天都要在街上跟熟人一一打过招呼。这是溶在布鲁日人血液里的习惯，两万多人口的小城，街坊四邻天然的亲厚，少有纷争。

建筑始终是主角。从狭窄的街巷到四方沉静的市政广场，从沉静浪漫的爱情湖畔到几乎可以俯视天下的城中塔楼，布鲁日的建筑仿佛就是一本书，收藏着曾经悠荡和繁忙的时光。巴洛克、洛可可，还有哥特,每种风格都像席卷而来又褪去的冰川,在城市的四处留下浓重的、互相交错的痕迹。

当初发达的运河网络不仅仅带来贸易的繁荣和财富的积累，更带来艺术的造访。绘画和雕塑装点了贵族的客厅，而建筑则成为城市表达声音的重要方式。盘踞在中心的市政广场，齐聚了欧洲文化史上各个时期具有代表性的建筑群落，在欧洲大陆极为罕见。甚至当代的建筑大师，依然不时地拜访布鲁日，希望体味过往时光中沉寂的呼吸，从中获得更新的灵感。

半天的时间消磨在市政大厅的二楼，这座诞生于中世纪中叶的建筑至今依然忠实地履行着自己的职责。布鲁日的市政与议员会议，依然在这座精致华美的大厅中不时举行。到访的时间正逢休会假期，大厅空旷，只为游客开放，反倒更回归了艺术的本色。精美的壁画绘制着《圣经》故事，从齐胸的窗边一直汇集到头顶。而铺张的金色，已

WISSEL
CHANGE

经渗入了每道笔画的深处。每过正午，阳光会从高耸的巴洛克窗户中闯进来，在大厅的各处嬉闹、碰撞，直到整座大厅变成一片金色的光海，走开没几步，便觉得自己的身影开始影影绰绰，模糊在折来叠去的光线当中，迷失了时间一般。

让·皮埃尔说，目前这里是欧洲大陆最受欢迎的婚礼举行地之一，但可以在这里举行婚礼的审核准则却依然古老而严苛，至少女方必须是在布鲁日出生并长大的年轻人，才可以通过申请，在这座大厅中完成婚礼。而就在我们进入大厅之时，一楼的服务人员刚刚满脸歉意地婉拒了一对来自巴黎的情侣。当我还在笑着说为何不能通融一下，成就一对新人的美事时，让·皮埃尔郑重的神情中透着一丝与生俱来的骄傲："坚持这个传统，就像历史悠久的家族维护自己的血统一样：这是布鲁日的傲气。"

是啊，布鲁日的傲气，这座看起来风轻云淡的城市依然在坚持着自己的审美和标准。早在被联合国教科文组织评为"世界物质文化遗产"之前，布鲁日对于自己的走向就已经成竹在胸，颇具实验性的现代建筑被圈定在两公里之外的新城，而经过了悠然岁月的老城中，即使是开一家店铺，也不能随心所欲地挂出招牌。尊重传统，因循传统已经成了城市中共同遵守的准则。

布鲁日人坚持自我的勇气还有另外的例证，就陈列在布鲁日圣母大教堂中。这座欧洲大陆第二高度的石质哥特式教堂并没有因为声名的显赫而失去了素雅的本色。教堂内部上浅下深，透着亮光的灰色依然和百年前一样，如洗过一般。即使是在欧洲教堂极其风行的深色木质壁挂雕像，也用得非常节制。大多数的游客会顺着阳光的方向先到偏厅。文艺复兴时期的巨匠米开朗琪罗的《圣母与耶稣》雕塑就被安

置在这里。当时的米开朗琪罗正值创作盛年，希望罗马教廷能够接受他的虔诚之心，将《圣母与耶稣》收入梵蒂冈的珍藏。但罗马教廷以雕像上还是婴儿的耶稣未着衣物为由拒绝了米开朗琪罗的盛情。此后这尊作品几经辗转，最终被布鲁日的贵族购得，放置在此。

每年，数以万计的艺术爱好者如朝圣般地到访布鲁日，只为一睹当年大师的风采。游览的队伍中有一位老人，已经是满头华发。别的游客只是草草经过，他却让自己的轮椅在雕塑的正面停了下来，双手端在胸前，静静地看。好像时间在那一刻轻轻地静止了，同行的人和话语都在远去，而眼前的一切，可以凝结成一幅画作。

剩余的时间我们就在小城里四处游荡。没有旅行指南的指引，反倒能让自己慢下来，看看街角的营生。已有百年历史的手工啤酒作坊，依然保持着刚开张时的醇香口味；贝居安教派已经成为历史，但俗女修道院依然宁静如昔……布鲁日人不想打扰城市的宁静，除了步行，只有保持着中世纪风格的马车替代着出租车的位置；即使是水道中偶尔驶过的游船，也尽量地放轻自己的马达声，生怕惊扰了这份宁静。连爱情湖畔那些卧在岸边的天鹅，慵懒得连过往的人影都不理会，只簇成一团，像是静静的涟漪。若是能够待得晚些，坐在船上，沿着斑驳的水道悠悠荡荡，几乎可以到达城中任何的地方。

奥黛丽·赫本曾经居住的白屋，见证了她最风华绝代的电影年月，如今，这栋房屋已经易主，主人想必是奥黛丽的忠实影迷，自始至终都没有动过改造的心思，反而是尽心尽力地维系着当年的风格。而主人又极其藏私，白屋至今没有向游客开放，大家能做的，也只是在游船上远远地观看，仿佛是奥黛丽的灵魂仍在这里安睡，不能随意打扰。

短短一天的时间，我自己始终在行走着，身边的时光却好像停了。

我试着去了解柯林·法瑞尔眼中那个略显无聊、超离世间的布鲁日。深刻的自责与即将离世的预感折磨着面对末日的人，越是刻意地咒骂和责备，就越能体现出布鲁日的安静与甘美。一切都将结束，为何整座城还能在斗转星移中若无其事。

也许，仿佛不受世情干扰的布鲁日，自有着日积月累的丰富情感，而情感的丰富，造就了强大的标准和内心。所有到访过的人应该都不会怀疑。这个强大的内心会征服所有的人，即使是绝望的杀手，也借由着为他舍生的好友之口说出了心底最为真实和柔软的话："布鲁日，我爱它。是的……我真的爱它。"

AANDACHT!

迈阿密
穿着 Art Deco[①] 华丽的袍

旅途繁多，但大致归为两类：离自然近些，便是旁观内心；离历史或者都市近些，便是自己站到内心里去，自看自的繁华。去过的都市越多，那繁华便如时光抚过的褶皱，越加繁盛。是否能带来内心的繁华，这是我判定一座丰盈都市的唯一标准。它们往往扯着过去，连着未来，哪里都不曾松手。

1997 年 7 月的某个寻常夜晚，迈阿密海滩上月影朦胧，树影婆娑。著名时装设计师詹尼·范思哲正在迈阿密海滩的宅院走廊前送别参加私人聚会的友人，一位面色苍白的陌生人突然冲上了通往前厅的台阶，从怀中拔出还带着些许体温的手枪，向范思哲扣动了扳机。时尚界的一代大师顿时倒在血泊之中。凶手随后闯入内宅，将还未离去的客人一一杀死，最后饮弹自尽。

这一凶杀案轰动全球，来自世界各地的媒体将迈阿密海滩挤个水泄不通。但直到今天，当我站在这栋宅院的门前的时候，凶案依然无解。手枪里的最后一颗子弹在凶手的体内，永远地封住了真相，剩下的只能是无尽的哀伤和怀念。这栋建筑被范思哲家族售出，从此成了美国大亨的隐秘会所，也成了 Art Deco 导游手册当年新被添加的一段逸事。

① Art Deco 装饰艺术。——编者注

成千上万的游客来到迈阿密海滩的 Art Deco 街区，寻找的无非是这样或者那样的故事。

其实詹尼并不是 Art Deco 风格的拥趸，他还曾经公开表示过对 Art Deco 的不屑。但谁也不知道他当初为何斥巨资在这个至今全球保存最为完整和规模最大的 Art Deco 街区买下这栋豪宅，并且愿意严格遵守整片街区的建筑规则，实在是有点儿令人匪夷所思。但生活在迈阿密海滩的人无不自信满满地认为是 Art Deco 街区的魅力最终让范思哲折服。他们的祖辈见证了这片街区的出现和繁盛，他们自己的命运也与这片街区的兴衰纠缠在一起。几代人的努力，才让这个街区的光辉，成为了迈阿密最为鲜亮的一张名片。

迎着懒洋洋的阳光在芭芭拉大街上闲逛是件挺奇妙的事儿。时不时地看到最新款的豪车在街边缓缓停下，美女们穿着当季最流行的比基尼，在酒廊里点一杯从 2011 年底才开始流行的“迈阿密之吻”，甚至像潮流这样老资格的酒店，都在不久前完成了新一轮内部陈设的更新和整修，整条街还是“花枝招展”的 20 世纪 20 年代的老风格，怎么看都像是好莱坞刚出炉的大片儿，现代的可人儿出演当年迈阿密的黄金岁月。当年海滩业主的一掷万金比如今的迈阿密大亨更加豪气，而一批脱胎于欧洲“新艺术运动”的设计师在遥远的大洋彼岸找到了施展才华的天地。抽象几何的描述，大量异域审美符号的运用……迈阿密成了巨大的建筑实验场。

全盛时期有上千位 Art Deco 艺术家在迈阿密海滩聚集，他们规划出了这个街区最初的骨架，在当时的迈阿密城外建立起了另外一个中心。与此同时，世界上多座重要都市都相继拜伏在 Art Deco 的风潮之下：纽约的帝国大厦，上海的国际饭店……一时间地标几乎全是

RUN
FORREST
RUN

TG
角

THE TIDES
TIDES

Art Deco 风格的杰作。

我跟德娜·斯图尔特约在新闻咖啡屋共进午餐。这座位于芭芭拉大街中心的露天餐厅独树一帜，凭着对新闻时代的狂热赢得了声誉。菜单、桌布全是当年的报纸式样，依稀还可以看到一星半点儿的出版日期，甚至当年当地报纸拍摄的、颗粒感十足的新闻照片都被正经装裱，从室外一直挂到洗手间。在旺季里，这里几乎一座难求。德娜倒早就习惯了这里的摩肩接踵。从她来迈阿密的三十多年里，她早已经习惯了在这里跟来自世界各地的设计师与艺术家们谈天说地。

这些当年梦想比天大的年轻人，在这里真实地表达、争论、恋爱、分手……如今他们功成名就，或者只匆匆留下一堆设计稿就销声匿迹。但那个闪着理想主义光彩的时代似乎在彻底地告别，激愤的怀念者无法面对即将变得荒芜和空旷的崩坏青春，或者心灰意冷，改变生活的轨迹；或者咒骂着这片街区已成“华丽的坟墓”，亿万富翁的欢场取代文艺青年的浪漫与寄托，这几乎是在全世界都市上演的桥段。

德娜换了很多份工作，但偏偏就离不开这片街区。如今她为一家当地的艺术网站做策划，向世界介绍 Art Deco 的风华。她直言，回顾时光就如同剖开自己，笔下关于这里的浮华和衰败，都牵扯着她的情感和故事。

我们很自然地聊到了芭芭拉·凯普特曼。当 60 年代的迈阿密市政当局无法再忍受曾经风华无限的街区成为肮脏、罪恶和过时的代名词，打算将整个街区推倒重建时，谁都没有想到，这个身量瘦小的女人会站出来，坚决反对迈阿密抹去规模如此巨大的 Art Deco 遗产。她顶着重重压力，四处游说，建立了“迈阿密设计保护同盟”，为制定切实可行的保护方案做了大量的工作。她的努力很快唤起了来自艺术界和民众的巨大回响。一时数以千计的艺术家和青年们再次汇聚到迈阿密。那时的德娜从遥远的美国西部赶来，“对我来说，那就像是一场热血上头的投奔。我们再也无法忍受一座一座城市沦为毫无建树的商业项目的俘虏。迈阿密应该为后世留下一些特别的东西。”他们曾经和芭芭拉一起彻夜讨论游说方案，曾经频频出入酒店巨头的办公室，想方设法地劝说他们不要放弃这片街区的产业。直到1979年，美国政府终于决定，将Art Deco街区作为唯一发源于20世纪的文化遗产列入国家保护名录。整座迈阿密几乎陷入狂欢。德娜记得整晚都在与朋友举杯，在电子鼓点中大声尖叫。“我们终于做到了，凭借我们的力量，迈阿密自此永远与众不同了……”

事实也的确如此，近几年整个世界状态低迷，迈阿密却逆风而起，在五年之内迅速地更新和拓展自己的城市版图。没人否认，这惊人的发展多少与那场声势浩大的Art Deco保护运动有着千丝万缕的关系。众多的保护法则和约束条款，已经成了城市审美中的共识。这次下榻的莱德萨斯海滩酒店去年才开张，前身曾经是一栋办公楼。在改建为酒店的过程中，建筑的外墙除了常规的维护和翻新之外，不允许有任何改动。设计师的创意只能在内部的空间尽情地展示。古董式的电话机，线条简约的家具和器皿，有选择地点缀成鲜红色，呼应着整个酒店的主题。

那位财大气粗的潮流酒店老板去年打算在旧楼旁起一座新楼，被要求新建筑的风格必须与旧建筑一脉相承，在细节的勾勒上又要有所区别，体现出隐晦的时代感，他形容这建造的过程就像“戴着镣铐跳舞”。好在设计师大巧似拙，外部光鲜齐整，内部的演绎却更加翩跹丰富：悬挂于餐厅墙上的玳瑁壳竟然是用棕榈叶拼贴和烧制而成，迈阿密海

KOBRA
DARNEL HOSIE
• DIV. OF DIMSA DIST C
PECORINI
ROMANO
BASTANO
$4 99
LB.
FAILE
FAILE SUPPORTS
SINGLE MOMS
STILETTOS
BAST AVOCADOS
MANGO S
3 FOR $4
FAILE ANGELS
TURN YOUR HEART ON!
NO CHANGE
MY HEART
SHALL FEAR
FAILE SUPPORTS
SINGLE MOMS
TONIGHT WE LAUNCH
14 FEB
ROUND
BAST

滩的主题被切割于灯具和屏风之上，华丽得让人有目不暇接之感。窝在大堂尽头的雪茄吧，简直就把红色的层次演绎到了极致。如今，潮流酒店的拥有者也许正为络绎不绝到酒店参观的人流而暗自得意呢！

与 Art Deco 街区毗邻的温伍德街区，曾经是萧条的厂房和仓库，如今却聚集了来自世界各地的当代艺术家，连绵开出了数百座前卫狂放的当代艺术画廊。由“设计迈阿密保护联盟”发起的“Design Miami”，已经成了每年一度享誉世界的设计盛典，并且与世界三大展览之一的巴塞尔艺术展达成合作。每年的 12 月份，巴塞尔艺术展的迈阿密分会场会吸引数以万计的艺术家和观众来到迈阿密海滩。

芭芭拉于 1990 年谢世。如今，Art Deco 街区里最宽敞、最繁华的大街以她的名字来命名。德娜从来没有把那当作一个时代的终结。“她留下的东西，如今都还新鲜地活着，魅力永恒。我们和更年轻的人，都还在为它做些什么呢！”

京都
一切都在慢慢美

对我来说，京都就是庆子，庆子就是京都。她与我遇到的其他日本女生都不同，或者说，与我遇到的所有其他女生都不同。就像京都，气质、姿颜……世界独一，别无他选。

回国之后，庆子经常有信来。她只用关西出产的传统纸张，细密的、泛着米色光泽的信纸。如果工作不忙，她甚至会用毛笔写上一整张蝇头小楷，行文连贯绵密，如同古谣歌咏。她的生活依然坚硬而平实，始终不在意别人的眼光。她只用关西的土陶做食器，在樱花的季节恋爱。每个季节，她也总会随信寄来些京都的物产，一块如花布般的餐纸，或者收于祇园小铺的酱料。她经常说，你该来看看京都啊，这些不为所动的雍容。她甚至手绘了一张素色的地图，上面标注了她的心水之好。

从大巴上下来，已在京都的中心。初冬清冷的空气中，散淡的光线越过鸭川，在眼前一片古旧的木色屋顶上匍匐蔓延开去。对岸的居酒屋还未开始营业，门口偶尔有行人匆匆而过。除了间歇被刮起的风声，周遭安静得不像是城中，连一贯胆小的野鹭也可以悠然地盘旋而下，在泛着黄昏初亮灯火的溪水之中来回踱步。手中是庆子月前寄出的信件，她特意选了京都出产的纸张，像柔软的旧年月。她在信中反复地叮咛："拜访关西，一定要让自己的节奏慢下来，几近停止，才能与这里相合，贴近它的心。日本其他的地方，或多或少都奔着现代去了。

只有这里，千年流传而下的传统，依然可以被如此隆重和精致地维护和坚持着。”

于是我早早做了功课。行程刻意做得松散，只精心选了几处与千年历史缠绵甚深的地方，其余的时间则一切闲散，在街区小巷中穿梭往来，忘记自己是位旅人，只如寻常人家般作息生活。五感也需彻底放开，如同面对倾心之友，彼此将心放低，才可不辜负初冬时依然留下的一抹风色和仪式般的美感生活。

京都人是恋旧的，并且以此为傲，尽管官方已经在现代的地域称谓中将这片地区称为近畿地区，而在人们的口中，“关西”叫起来，依然充满了不舍的浓情。像京都，往昔的王城，上下纵横1200余年，英雄美人、文人墨客，随手扯一段便似庞大舞台上永不落幕的诗篇，绕梁回味，自然是越加珍惜，日日在生活中延续下去。

单单看京都的格局，尽力维持着旧日风色的努力处处可见。昂扬高起的建筑都被拘在新城区，政府对于在老城区中新建筑的动工有着极其严格的限制，尤其在历史古迹的周围，天际线几乎千年未变，民居浮生消长，始终都是低伏在古迹的四围。情调和气质也只是缓缓流变，处处顾及着传统。当年丰臣秀吉一声令下，家门的宽窄与上缴的税款直接挂钩，千年之后，京都的老城区中，家家户户依然是“口小肚大”的格局。花见小街上挤成一行的和式餐厅，门脸只挑一盏灯笼，丝毫不起眼。若是遇到雨天，赶场的艺伎撑起纸伞，一路碎步赶到门口，也是要先收伞低首，身子略微侧过才能进入。只是狭小的空间反而更加凸显了京都人在细节上的精细考量，即使只有一步而过的空间，也留了一盆花朵，盈盈昂首有邀约之情。

可只要穿过狭小的门廊，眼前的庭院就犹如另一片天地，豁然般

铺张开去，不由让人想起苏州园林中惯用的曲折回环的手法：以一枚松枝越过门墙，提着一点儿探幽的兴致，由淡至浓、由清转艳，几乎是景随人转，稍一转目便另有一番景象。记得第一晚和朋友一起吃怀石料理的二条苑，庭院紧紧地簇拥着吃饭的房间，夜幕初降，庭院的角落就纷纷亮起灯火，映着汩汩流动的一湾水流，顿时就一片流光溢彩。虽然秋意已过，院中几株苍老枫树的红叶，却仍然壮烈如瀑，顺着假山的势头，在眼前几乎倾泻而下，一路冲到水中，浓墨重彩颇有当年王公大族的风范。而在南禅寺附近的顺正书院，则是一片淡然清丽的景象，就像书院里久负盛名的汤豆腐料理一样，原木色的基调，敞阔的陈设，还有环绕在凉亭之畔的一潭水泽，仿若一块温润的美玉，映衬着诗词香气。让人觉得久生温存、四方惬意。除却享用佳肴，大多数的客人都更愿意逗留至下午，泡上一壶香茶，和友人缓缓交谈，不觉间时光流过。

格局仍在，时光就是慢的。京都的美，仰赖时间的滋养，如同慢火熬炼，差一分火候，茶色也淡，味道也塌了下去。整座城步调划一，厌烦一个“急”字。花开有时，后会无期，本来的节奏是怎样的，就该是怎样的。

小街如同毛细血管，无论怎样铺张延展，最终都会连接到寺院和神社去。若说庭院承载的是生活中的情趣，寺院和神社便是千年来精神与信仰的流转。中国大多数的寺庙距人高远，京都的寺庙与神社大多是与社区相邻。不论在何处，只要沿着起伏的地势往高处走，在不远的山脚处，便能看到佛堂的廊檐，或者是神社门口挤满的信众的灯笼。本土而生的神道教与唐朝时代东渡而来的佛教彼此相安，以不同的风格标识着信仰与建筑风格的流转。

相比起足利义满以金箔裹身的金阁寺，我更喜欢银阁寺与南禅寺的悠远和淡然。足利义满的继承人足利义政在过世前留下遗嘱，将自己的东山别墅改建成寺庙，比照自己先辈的做法，也在建筑的外层贴满银箔，银阁寺也由此得名。虽然后来因为财政窘迫，建筑上未见任何银箔的痕迹，反而无见富贵，只觉清雅留心。

当年寺庙被重新整理，同时被发现的，还有大片的“枯山水”作品。这种以细腻白沙与石块勾勒出山水错落的微缩园林艺术，本是禅宗的一门艺术表达，之后便渐入侯门之家，成为门第富贵的象征，但如银阁寺这般拥有如此大规模的枯山水作品，实在不多见。试想一下，园林的中央一片雪白，俯身细看，上面竟有浅淡的纹理，勾勒出流水浮动，稳稳地压住了整座寺庙的基调。及至浓秋，漫山红叶围裹而来，整座寺庙反而如同手中白玉，光芒耀眼。寺庙如此淡然脱俗，气质自然也影响到了附近的街区，都是淡然中凸显精巧。寺门口通往山下的小路旁一家普通的商店摆出售卖的花草，也特意找了月牙形的花盆，把花草轻轻地一兜，顿时便觉一点儿灵光涌上心头，喜爱非常。若是沿着水道逆流行走，两排石板松散地铺在地上，便是当年哲学家西田几多郎思考问题时来回踱步的“哲学之路”，二十分钟的行走，便可抵达南禅寺。如今，人们已经在路的两旁遍植樱花与枫树，春秋一到，大家纷纷换上和服，重走一段，是当地的盛事之一。

建筑与信仰搭起了空间，生活于是有了丰盈和精致的可能。在京都，细节上的繁华与熨帖几乎超乎想象。其他地区或许已经是奢侈和遥远的事情，在这里依然是寻常的闲适享受。而且妙处在于，无论进行哪一项，都有一套金风玉露般的仪式，让人的情感层层地投入其中。高台寺月真院体验茶道，必是要先换了和服，踩着木屐，穿过古旧的街道，才能转入庭院，依次坐好。

茶道虽然淡然不期缘分，但却也惜缘。都要敛息静心，让情绪沉稳雍容，才能品出茶中的真心，所谓“一期一会”，之后，也许不再见，也许，心情也不再了。茶道师也是安静虔诚，每每为客人奉茶，茶具皆是精心挑选，纹理造型各有不同。分给我的，是一捧古釉色的陶碗，逶迤勾勒几条鲜艳的条纹，汇到碗底新鲜冲出的抹茶里，勾着一点儿翠出来。

品茶也颇有讲究，茶碗捧在手心，要先转动九十度，将对着自己的花纹转向对案，让同来的客人也能分享茶具上的美丽花纹。喝到最后一口时，嘴唇要尽量闭合在碗沿，吸出一点儿声响。奉茶的主人便会像得到赞赏般，非常开心。

要想碰上心仪的茶具或者其他手工制品，就不妨去市场淘淘。清水寺前的清水前街，还有曾是鱼鲜市场的“锦”，都是好去处。不仅有一些深居巷内的低调餐厅，更挤满了品格独特的手工艺品。

大多的客人，都是长久熏陶出来的熟客，京都的纸，清水窑的瓷，才是佳品。主人们会在客人进门之后亲切地问候一声，之后便会放任客人自己去选。心血之作，价格也定得不低。老先生自有一套理论，一个陶杯，做的时候用了情，自然希望也有好的归宿。若是太寻常就能得到，也必然不懂得珍惜。仿佛这不是简单的营生，而是在经营着一种态度和精神。“锦”市场的角落里，小林美智子夫妇联合了京都的九位画师，坚持着手工绘制传统画扇。“有些东西也正在消失，人们总是迷信流水线，迷信机器，却忘记了精神和信念上的投入。”店铺内陈列的近百把扇子，或是红枫婆娑，或是舞姿曼妙，还有落英缤纷，都是一笔一笔点缀上去的，一个人一天最多也就只画两把，产量不多，题材也往往随性而至。客人能否买到心仪的扇子，全凭缘分。

又是缘分，遇上即是一片风色，终生不忘。

我是爱看着他们把挑好的物件一件一件地分别包好的，那过程简直是创作：扯出不同的花纸来，比照着礼物的大小，拿小刀裁出合适的尺寸，再用手掌细细地捻平，不留一点儿粗糙的褶皱，还要来回换着角度包上几层，就像穿最隆重体面的和服需要围裹多层，扎上各种头饰，或者在有马温泉时进退行止皆有章可循的“三泡”传统，一样在郑重其事之中有脉脉温情与深深倚重。

记得上次到访关西，尽管脚步匆匆，还是特意留出了一个清晨，在京都虹夕诺雅参加闻香仪式，旧时家人远征，女人便会早早起身，选香寄意，制作成香杯，只为心爱之人吸入香气之后眉间的一个舒展，即使远行在外，也要为家人珍重。单单是一套制作香杯的工具，本身就是小巧勾连的艺术品，在方寸抔土之间造一个天地，本来就是精细至极的气质，全靠一层一层仪式般的流程，将浓厚的情感藏在其中。

突然有些懂了庆子的做派。坚实的生活自有芳华，如同坚实的旅途才有体悟。别人的眼光如何，众说纷纭又如何？“在日本，也有很多人说京都人的性格不合时宜。”庆子不置可否，“合时宜真的那么重要吗？即便不合时宜，我们不还是过得很美，不是吗？”

普門庵

清迈
静好的城，静好的人

夜机飞往清迈，曼谷的灯海渐行渐远，喧嚣也就随着远去了。上海、北京、广州、香港、纽约、伦敦、巴黎……一切繁忙都市勾勒出来的图景都在坍塌，或者褪色。甚至呼吸都开始舒缓，似乎一切的纠葛都得提前卸在半途，否则总觉得要辜负整座城。

清迈很静，静到沉于心底，不见波澜。来自清迈的女生，大多也是如此，不喜颜色艳丽的纱笼，反而更青睐当地手纺的棉布，随意地搭在肩头，只略施粉黛，白皙的皮肤上便能有飞霞般的颜色。说话声更是清浅柔和，拿着行李从身边经过时，便会微微欠身，轻轻地道一声“打扰”，笑容还有些羞涩。在泰北，人如此，城亦如此。

处处是秀气的、透着一点儿娇美的聪慧。人称这里“泰北玫瑰”，也并不仅指女子面容姣好，气质如兰，反而更像是在描摹自兰娜王朝以来日夜熏染而成的独特风色。曾经富甲一方、权倾天下的王城，生活的雍容成了酝酿精细气质、追寻细节之美的温床。单是听听那时流传至今的故事，便是层层铺陈，故事的脉络往往隐藏在积攒的情感之中，到了华美的境地便一切自明，久久回味而不觉厌烦。当初那白象驮着舍利子跪下的地方，几乎每个人在双龙寺围着金塔祈福的时候，都能把细节讲得八九不离十。虽然几百年的历史中几经战火，但已经浸润到骨子里的习惯，却成了时光流转中最为坚韧的所在。

清迈人清楚地知道,生活该如何继续下去。城市何必一定浓妆艳抹，日子又何必一定要过得匆匆，静下来，不急，百年以来，日子就是这么过的。

《人在囧途之泰囧》放映之后，城中已现人潮，但知心的人总会另找落脚之所。这次住得远，选的居所离市区大多有半小时左右的路程。近几年到清迈旅行的游客日渐增长，无论旧城新城，几乎都簇拥着新开的酒店和度假村。喜好清静的人便将目光投向城市四围的山群中，特意地拉开一段距离，只安排了摆渡车往来市区和机场，其余的心思则全都放在山谷的一片天地之内。到访的人，必是留了心思的有缘人，才会到访。

居所隐然低调。直到车子开进山门，也只看到树木葱郁、山谷幽深，丝毫不见半点儿建筑的痕迹。被引领着再绕过山门，铺张的藤编席棚才如巨帆般瞬间浮于头顶。天色刚刚要暗下去，泛着宝石般的蓝色，簇拥在一起的赭黄色吊灯仿若仪式一般齐齐亮开，顿时为整个大堂涂上了一层温暖的颜色。视线延伸之处，那些藏于深谷的院落所在，凭着闪烁的灯火泄露了行踪。行李生引导着沿着小径往房间走，一路都是细密的水声。偶见有住客经过，彼此浅浅一拜，淡然得很。

我们刚刚放好行李，细雨就来了。还未出雨季，雨下起来就缠绵，洋洋洒洒，牛毛般地扬遍山谷。高处正对着山谷的泳池已经没人了。诺克和同事整理好池畔的酒吧，就转到一旁的餐厅准备稍晚烹饪课所需的食材。自这座酒店筹建，他便到这里，照顾着山腰和山脚互相呼应的两个餐厅，一做就是几年。相比起位于市中心的那些酒店，他更喜欢这里的纯粹和清静。清减些繁杂的心思，便可以与自然的呼吸更贴近些。

闲暇的时候，诺克大多都在酒店中心的那几层稻田中，就像他从前在自己的村中一样，做些农事。住在这里的客人，往往是爱上了这儿的宁静与脱俗，于是几乎年年都来消磨假期，与他也渐渐相熟，成了朋友，每每在酒店遇到，都是要停下来寒暄几句的。他也乐得提醒客人，今天餐厅会有什么特别的菜式供应。尤其入夜，客人往往早早打好招呼，到位于山脚的 Rabiang Cha 餐厅寻他，无论是私人约会，还是商务约谈，他都能在露台和庭院中腾挪安置出别样的氛围来。客人们最喜欢的是散落在餐厅角落里、由传统泰式木屋改造而成的红、白、黑三色主题屋。需要踩着吱吱作响的楼梯攀上去，内部的空间则出人意料地典雅和现代。尤其白色主题屋中，索性撤去了桌椅，以纯日式的配置，换来了更加随性与畅阔的空间。

节奏缓慢，但日子并不空洞，只是重新归依着太阳的作息。同在山居之中的清迈四季酒店，在十几年前酒店草创之初，便费了一番心思，空间的布置和错落不仅带来了视觉上的惊艳之感，更使安排有别于其他酒店的活动与体验成为可能。酒店恢复了百余年前泰北村落的风貌，以一片水泽为中心，客房退到四围，上则留出了成片的壮阔山景，下则让出了原初的稻田之地。每日清晨，只要站在客房中的私人露台上，便可以看到酒店的园丁们依次来到田野之中，持续一天的劳作。只要在前台登记一下，就可以跟随着园丁一同下田劳作，借由泰北温润的天气，种下一季稻子，将来的某天，也能收获些稻米，被仔细收割清理好，捐给同社区的寺庙和学校。前台的姑娘浅浅一笑：“收割的季节一定再来啊！”那时的稻米，透着清香，凡是亲身劳作的，都被赠送用棉布精致包裹的两包。随身带着，仍是遵从旧时的习俗，以作祈福之用。

我则独独喜欢在夜色将浓的时候，望着园丁排着队，沿着蜿蜒小径走出田地，沿路灌上灯油，依次点起油灯，仿若仪式一般。

我很有兴趣与清迈四季酒店的园丁总监聊聊。十几年来，他一直在打理这一片花园与田地，年年为酒店新辟的区域选配合适的植株，尽力地维持着旧时村庄的风貌。借着往来住客的口碑，他的酒店园艺与植株体验已然成了酒店最受欢迎的体验项目之一。他就如同一本百科全书，随手可以拈起经过的花朵，讲解一段媚色的前世今生。由于禁绝农药打理，一些花卉和枝叶甚至可以直接食用。 夜晚小径照明用的灯油，完全按照古法，取自厨房烹饪时的剩油，稀松平常的点灯回归了仪式般的神秘和美。两头水牛，每天两次也来到酒店门口，迎送客人进出，简单的心思，却有浓浓的情怀藏在其中。

可惜不凑巧，我在他最爱的雨季到访，所有的植株熬过了一个冬天，沾了一点儿雨水就会疯长，这也是他与他的团队最为忙碌的季节。当我骑着自行车沿着酒店背后的山路去寻那座私密的庙宇之时，他已经出发去寻新一季的花卉了。只好留言给他，下次再来之时，能够聊聊他对这儿的眷恋和爱。

我喜欢清迈人聊天时的腔调，事实上，那构成了我待在清迈的时间里最主要的情感流动。让我能感到他们小心接过这座城，又细心打理，预备着交给后人的心态。那种散淡的、平和的、若即若离的味道。它时常让我想起那些阳光清甜透明的日子，一切与之关联的小心愿，以及努力从容地生活。

我与乔安娜和米格尔相遇在一个晴热的午后。多数游人都不会选择在这个时段来逛查仁南酷街区。只有悠闲的当地人，会选一两家已经待习惯了的餐厅和茶馆与朋友小聚。乔安娜和米格尔正站在她们的画廊前，指导着工人将一头涂着奔放色块的大象模型摆在门口。

她们名为“色彩工厂”的画廊刚开业不久，正赶上最近两三年清迈独立画廊纷纷设立的风潮。乔安娜与米格尔的组合是极其典型的合作模式。米格尔是曾经频繁往来于曼谷和清迈之间的设计师，她的工作室以色彩为主题的作品在清迈当地独树一帜，颇受欢迎；乔安娜则和许多来自欧美的客人一样，因为一次旅行而爱上清迈，于是在六年前决定来到清迈生活。

本土设计的灵魂与来自欧美的视野相融合，成了大多清迈画廊的基本气质。这一气质，将城中的数条街道都整理得颇具文艺和国际情调。无论细节还是氛围，有浓郁的清迈味道，但无论对谁，都是自觉亲近的。在别处或许显得清高的艺术，在这里却是低俯于生活之中。正如乔安娜说的：“只有生活，其他，都是不重要的。”她们以色彩为主题，相约当地的艺术家进行创作，同时支持着米格尔的产品设计，而刚刚摆在画廊门口的涂鸦大象模型，则是她们参与并推广的“大象天堂”基金会计划。一楼的空间陈列着她们已经取得授权的三百件来自世界各地的艺术家的涂鸦大象复刻品。售卖的所有收入，将捐给基金会，以便与当地的大象保护组织和大象学校一起，进行紧急大象救助、保护野象繁育基地以及传承驯象文化等工作。在清晨刚刚访问过的马沙大象学校中，便看到了她们“拯救大象”的宣传和相关的资料。几乎每个星期，乔安娜和米格尔都会拜访几个大象乐园，以义工的身份参与项目的推广。

yesterday

“一切都关乎着传承，这是清迈永恒不变的主题，也是它与众不同的特质所在。大象保护是其中的一部分，没有了这些，便不再是清迈了。”

是的，一切都是关乎传承的。清迈似乎并没有官方约束着新建筑的风格和高度，可大家都不约而同地维护着城市的气质，即使艰难，也都尽量凭借着一己之力在已有的空间里闪转腾挪。在城南，半小时的车程，阿嘉先生已经独立支撑着这家木雕博物馆四十余年。四十年来，他的足迹几乎遍及整个泰北，拜访了上百位隐匿在民间的木雕大师，将一些被时光掩埋的精品重新修复。数次的国外游历也为他的木雕创作提供了更为广阔的视野。往往是旅途中寻见的一幅油画，或者仅仅是一个梦境，就会成为一次突破性的创作实验。如今，千余件的藏品已经让博物馆的二楼和三楼如同木雕丛林，空间也已经略显拥挤。阿嘉先生刚刚从附近的村庄里找到的本土道教的木雕作品，只能置于二楼天台的凉亭之中。但他依然热爱并且热衷于此，我遇见他时，他正在设法利用有限的空间为新收藏制作一个活水池。

“我曾经召集我在国外的女儿和儿子回来，告诉他们，他们需要继续照料这家博物馆。”在这次会议之前，阿嘉先生刚刚拒绝了一位来自中国的富豪出价颇丰的整体收购计划。“我在为清迈收集回忆，长久以来，木雕艺术是清迈的一张鲜亮面孔。它应该是一直被记忆着、教育着，告诉后代这个时光的礼物，而并非成为某个人的私藏。”他毫不掩饰自己对收藏的喜爱，甚至将自己的卧室就设在博物馆的顶楼，里面堆满了他钟爱的木质小玩意儿，装扮得如同一个乐园。他经历了很多，但唯有在面对木雕时，显然，他还有孩童般的赤纯。

我在 137 柱子之家拥有百年历史的老屋中和祖基菲里・拉赫曼有

一场关于“清迈之心”的长谈。他服务的这家精品酒店于2014年三月开业。相比于早前那些精品酒店，137柱子之家表现得更加纯粹和个性鲜明。它藏身于清迈最为繁华的街道，借着一条曲折的小巷来展示客人与这里的缘分和真诚。

位于酒店中央的那栋老屋，可以说是城中目前保留的最为古老的建筑之一。当这片区域被决定建造一座酒店时，最大的努力在于如何维护这栋老建筑原初的风色，同时又兼顾着现代的舒适与便利之感。并非情调，而是潜移默化地分享。新造的客房如同臣仆般，拜伏在老屋的四围，华灯一上便熠熠生光。来自清迈大学的几位教授和设计师，并不企图打造一个雄心勃勃的地标，却在平实之中展现了一个典型大宅院落的平和之美。我极其钟爱由几把蓝色遮阳伞点缀的院落中央，仿佛甜美的避世之地。一点点慵懒的爵士，一份蘸点儿泰北风情的下午茶，即使刚到清迈的旅人，也能轻易地直接触摸到清迈最本质的气质，从酒店和建筑的角度被精心诠释出来。

其实，这个美好如繁花的城市，处处皆是这样的心思。酒店清晨沿着湄滨河划船而来布施的僧侣，依然坚持手工制作服饰的老板，还有周末市场上专门拍摄孩子笑脸六年的摄影师，一切无关速度、成就……而是关于生活，努力的、雍容的生活。岁月始终只是耳边飘过的歌，静好才是一直的真心吧。

西安
生长的王城

对于西安，我就用“王城”还是“皇城”纠结了很久。几番思忖下来，我还是坚持用了“王城”。相较而言，“王”是情感和传统，“皇”则多了权势和野心！

城北，丹凤门。

西安夏日的正午，阳光有种西北独特的狠辣，仿佛从天顶直直倾泻而下，撞在丹凤门淡棕黄色的城墙上，仿若笼罩了一层闪耀的金粉，瞬间光华照人，有梦幻般的威仪。当真正站在这座按照1：1的比例重塑、当时世界上唯一的一座“五道入城”的巨型城门面前之时，风穿越廊檐引起的阵阵啸声，让人恍惚之间仿佛被置换时空，耳边果真可以声隆如战马嘶吼，鼓乐齐鸣。登上城楼向正南方向望过去，色泽昏暗陈旧的城中村和棚户区，已经明确地标记在下一阶段的规划图上，被日常生活挤压和模糊的唐长安中轴，重新明晰起来。转身回望，整座大明宫遗址公园如釉青卷轴铺陈舒展，仅仅是含元殿的夯土地基遗址，已是小丘连绵。城门的一角，几名游客正要搭乘专用游览车，穿过空旷的公共公园区域，紫宸殿与大明宫全景的微缩景观，还隐在新造的绿地之中，望不见痕迹。

谁也无法简单地将这当作时光里无数次致敬中稀松平常的一次，这座规模相当于四个紫禁城，三个凡尔赛宫，十二个克里姆林宫，十三个卢浮宫，见证了唐朝盛世的“千宫之宫”，仿佛是一个深不可测的“失落的世界”。对它进行修复、整理和重新演绎，其工程之浩繁，格局之宏大，牵扯之广泛，可能只有20世纪70年代秦始皇兵马俑面世可以与之相提并论。西安作为王都以来绵延千年的文化滋养，借着大明宫的光华重现，而做了一次颇有野心的迸发。它改变了一个街区的风貌，重整了西安的城市格局，也许，是宣告了西安再一次征程的开始。

旅行车在园区之中缓缓而行，这一片3.5平方公里的公园自规划之日起，就伴随着大量的关注和讨论。几处城中村和成片的棚户搬离之后，几座分割开来的遗址得到了统一规划和保护，但未如以往对待遗址保护那般死板与僵硬。大片的面积被重新整修成公园，对公众免费开放。从一个遗址到另一个遗址，路上总有点睛似的雕塑和壁画，层层演进地引导着参观的路线。当站到那片按照1：15的比例建造起来的大明宫微缩景观群落边上时，也许每个人都会在心中描摹，想想在丹凤门上俯瞰浮生的气魄，若是以太液池为中心的皇家内苑、千宫的屋檐能够层叠如云重现人间，该是多么令人兴奋的事情。但任何复建的冲动都被严格地禁止着，建筑大师张锦秋在设计丹凤门时，也特意只采用了与夯土遗址同色的淡棕黄色作为丹凤门的唯一色调，既显示了新建筑与遗址之间的一脉相承，又严格区别开来。遗址真正回归了展示、传承和教育的本色，变得亲近。

我最中意的，是含元殿背后的博物馆。那些已经精心发掘和整理出来的文物，象征着皇室威严的盘龙柱，依然未能完全解密的木嵌工艺，还有代表着石雕审美的瓦当，在沉静的灯火下，隐约可见当年华彩翩跹、盛世黄钟的景象。那幅描摹着使节沿着当年丝绸之路的路线盛大西行的画卷，仿佛领起了对那个年代整段的记忆。

陶埙
029-87247477

走出来的，才算是路；活出来的，才叫记忆。我们往往认为故事已经熟悉，便可以浮光掠影地走过古老都市。但那种血脉滋养，顽强持续的生活，往往能带出穿梭时光的触感。

我坐在高家大院头层院子的偏房里，一旁街道嘈杂的叫卖和讨价还价声有如浅浪，时不时从虚掩的雕花门窗缝隙中涌进来，让人懒懒地要睡过去。面前是一杯极其简单的清茶，叶片刚刚浸了水，还没展开许多。四米宽的台子暗着灯，一溜皮影斜斜垮垮地挂在一边。我们来早了，守门的人只说表演的老先生刚刚完成了上面两轮的表演，吃午饭去了，要看就只有等。我们几个人只好散坐在几张有年头的长桌椅上，吱吱呀呀地扭着身子聊天。

大约又过了半个钟头，老先生才推门进来，想必演了一辈子的皮影儿，单单是从墙上取下物件，一只手挑着杆儿，一只手的手指稍稍弯着，顺着几根线一提一抖，刚刚还蔫成一堆的皮影儿，瞬间就活了。等他打开幕灯，绕到幕后一开嗓，秦腔的那种气势猛一下子就冲到面前，就一段传统的《孙悟空三打白骨精》，也能唱得有山崩之势。一段过后，他额头竟然就微微渗出了汗。

两位客人可能是要赶行程，看到中途不得不提前退场。老旧的宅门吱呀一声响得刺耳，老先生微微一皱眉，转过脸去继续唱。等到演出结束，我上前讨教三秦皮影儿的时候，他先不答话，只是摇头，用浓重的陕西腔说道：“到西安，那么急能看到什么？这老城里，东西都是活出来的啊！”

真是一句话说活了一座城。几千年活下来，游人来了是看得丰富，目不暇接；对西安人来说，则是活得丰富，甘之如饴。照老先生的话说，“随便提本书抖搂抖搂，掉出来的东西，就够像模像样地活一辈子。”所谓的讲究，其实跟这牌子那牌子没多大关系，要紧的是是否活得全情投入，往往一件小物，背后都能扯开个几百年，讲出个郑重其事的由头出来。那些至今传在西安人嘴里的“口碑”，没有个好“出身”，不加上个几年十几年的功夫，决然是不会获得青睐的。

前提是，要慢，太急了这日子就过得糙。无论从哪儿来，只要过了西安的城门，节奏自然而然就慢了下来，丢了事无巨细的行程安排，沉下心来过几天西安人的日子，才能熟知西安的脾性。这四四方方的城墙，仿佛是一个魔方，框住了一方生活，时光走过，无有变化。

记得动身到西安前，皮埃尔还特别发了电子邮件来，邮件里反复地问：“西安的城墙还在吗？还在吗？”这位法国纪录片的导演四年前到访中国，特意跑去了西安，围着西安的城墙转了三天，看南门的士兵换岗仪式，黄昏时分在城墙上骑自行车，窝在城墙根下看老人们下棋，或者特意选了晚上，去含元楼看亮起的晚灯……之后他在给我的信中这样写，“西安发展中最大的成功，就是保住了城墙。城墙在，城市的格局就在；格局在，生活就在。”1983 年，城墙的修复工作正式启动时，讨论和争议不断。明代西安府的面积是否过小？会不会影响以后的城市发展？西安是否不再需要重新创造城市形象？迈向现代国际都市的冲动和厚重入骨的历史积淀，何去何从都是痛……如今，西安发展的地域早就已经大大拓展，城市中心从明中轴到唐中轴，二环、三环地往外铺，大有将汉长安的地区也囊括进去的势头，但这被特意圈起来的老城，如今再无人非议。西安人说，这是老西安的骨架，里面盛满了悠悠千百年熬出来的魂儿。只要这魂在，这城市独特的气质就不散。何况在后续颁布的法令之中，老城中的建筑皆不能超过城墙的高度，浑然一座城，该怎样，还是怎样。

还能期待哪儿有大片至今鲜活的、生生不息的古都格局和建筑？在回民街来回逛了两天，拿着攻略来回寻美食铺子倒是其次，让人兴奋的是这里还是当年唐长安城中一百零八坊的建制。街道再窄也必是横平竖直、关联通透，临街的房屋，都被拿来开铺子，餐馆也好，小店也罢，一律都熙熙攘攘地挤在一起。天气好的时候，家家都把桌椅搬出来，沿着街边摆成一排。逛街的人摩肩接踵，这边要一碗热气腾腾的臊子面，转身一两步就可以去看邻家刚刚摆出来的狗头枣。

如今，回民街名声在外，连着附近的米市口到了点也是人贴人。懂行的人都一个劲儿地带着朋友，大声招呼“往里走，往里走”。人是多了，可大家都顾着这些老坊格局，没人动拆除再建的念头。单从屋檐剥落的颜色便看出年岁不短，但都还尽力维持着生活的雍容。沿街的木门，几乎每扇都有新鲜的朱漆，仔仔细细重新刷过，与唐宫如出一辙的狮首门环也特别用金水镏过，阳光过处，一片耀眼之色。书院门曾是名流清客聚集、谈书论文的去处，也只是稍显宽敞。笔墨纸砚的摊位铺起来，照样是紧挨在一起，仿佛这依然是西安老城里的传统，东新街那么宽敞的地方，餐厅酒舍依然是密密挤着开了一排，情浓得像化不开似的。

人情在，做事情的心思都是热乎乎的。书院门一条僻静的支巷口，松松垮垮挂在墙上的海报让我买下了第一张西安的手绘地图。名字念起来生猛得让人发笑——忒“色”西安，方言在舌尖儿上打个转，四个字就把这城市夸得活色生香。老板把一沓厚厚的牛皮纸敲得嘎嘎作响，隐约能看见上面细致勾勒的花纹：买一张吧，买一张吧，西安的第一张手绘地图，收作纪念多好。西安人自己做的，毕竟只有西安人才懂这城市。

之后的几天，我就带着这地图走街串巷。虽然不能做到明晰各处，但确实是情情血血，都能看得出来。以城墙为界，纵横二三环，千年古刹，新起酒店，几乎可以一眼纵览。据说几年前，还是“西漂”在此的广告设计师卫东青，在几次外出旅行的途中，萌发了为西安做手绘地图的想法。一开始还是消遣的心态，用钢笔素描的方式，将钟鼓楼、城墙、回民街、大唐芙蓉园等一一展现，谁知一发不可收拾，朋友们也都喜欢得很。他这才下了决心要开始做这张地图。一开始只有三四个人，白天跑遍西安角角落落，搜集的资料庞大得如同一个小型图书馆，晚上就在工作间头顶头地挤着，一笔一笔地画草图。行进了半年，他们的想法在网上引起了一些反响，陆续有人不计报酬地加入到团队中来。十几个人前前后后用了两年的时间，怀疑、自我否定、再尝试……连牛皮纸与长卷的形式都是反复探讨多次才最终确定下来。十几个人，上千张草图，两年多的时间。当 2010 年 2 月最终交稿印刷的时候，他们每个人都想哭，好比惦记着要送份礼物，筹备那么长时间，一腔情怀终于托付了，不负这城的繁华，也算了却一桩心愿。

手绘一张地图 游遍
历时769天，手稿2792张
奉献给你我——热爱的西安

古今映照，不只是汉唐。

回到最初那句，既然西安的时光和气质是“活出来的”，生活中源远流长的传承和创意就必不可少。始皇陵也好，大明宫也好，皆如明镜映照，对视无声。秦皇汉武，唐朝二十二帝，王朝风云，国之大仪，除了是说书人嘴里嚼不烂的传奇，若是心里中意的，自然而然地拿过来，收在生活或者心情的角落，再自然不过。

陕西博物馆建造当年，张锦秋遍阅古今文献，以盛唐建筑的进退行止作为新建筑的格局，一时惊艳八方。几十年过去，新生长的城区、街巷，已然认同了这种再造与重生的做法。曲江近几年兴盛起来的大唐不夜城商业休闲区，借着一旁大唐芙蓉园的声势，大片的建筑采用白墙朱顶的盛唐风格，颇有些当年不知宫阙何处绵延的意味。细看格局更是巧妙，仿若放大版的市坊，首尾呼应，齐整周全。

坐落一隅的西安威斯汀酒店，尽管设计师剑走偏锋，选用了极为大胆的现代风格，仿佛将整座建筑装置在一个巨型的笼子之中，堪称古都之中的清新风格，颜色却还是承袭了古城稳健大气的深青灰色，过渡极其自然，毫不突兀。而身在老城中心的西安万达希尔顿酒店，避开限高的规定，空间往横向铺展开来。设计师中意源自宫廷的满目琳琅之感，所以空间之中，脱胎自汉唐仪典之中的珍贵器皿成了绝好的主题。回廊尽头的金缕玉衣，大唐酒廊里的瑞兽，中餐厅桌边巨幅的绢绣仕女图……最妙的是房间里摆的那一张古色古香的围棋棋盘，令人遥想当年“运筹帷幄指尖，把酒笑谈天下”的情景。酒店是现代的酒店，却着实有一梦长安人之感。

但若简单地以此认为西安即是汉唐，仍是大错特错的。汉唐也并非魔咒，万事沾了边儿就灵验无比。这个位于内陆腹地的城市，对外沟通和兼收并蓄的胸怀似乎一直未变。这似乎也是传自汉唐的那股精气神儿。那时丝绸之路驼铃声声，西域商队络绎不绝，西市里鼻烟香绕，音乐迷醉如蛇，酝酿出多少故事，好一段浮生梦。这股包容接纳的劲头，如今怕也不输几分。大明宫遗址申遗被视为丝绸之路再度复兴的标志。

西安老城之外，近五年生长蔓延的新城区，也迅速地跨开了现代国际都市的格局。坐落在其中的酒店，在陈列与设计上除了点滴显露汉唐的审美元素之外，或古典或现代的异域风情也被演绎得神韵飞扬；或者两者交融混搭，也有独一份的味道。西安香格里拉大酒店的套房楼层上，总统套房直接运用唐代宫殿层峦迭出、进门又见山水的透视原则，一片赤朱色铺就了华贵之色，一直到了尽里的卧室，并无多余的装饰，只在墙上嵌着两只玉簪，勾出一点儿醒目的翠来。而与之相对的香格里拉套房，则是法式线条，欧陆纹理，清雅之下有柔美的雍容之色。

懂的人，就吃出一个西安来！

逛完书院门，我拣了个朴素干净的小摊，要了一份凉皮，醋和辣子加得重重的，猛地扒一口，爽得眼泪鼻涕一起流出来。掌摊的阿姨扑哧笑出声：“一口就露了怯，来旅游的吧。米皮儿面皮儿，嚼头不同，这料放的多少也有讲究，哪能不管不顾地随着喜好乱加呢……”

这样的对话在我在西安的几天里不断地发生。当我傻傻地坐在店里琢磨葫芦头的时候，当我笨手笨脚地依葫芦画瓢掰着馍时，还包括我努力地研究那个号称最复杂的那个“Biang”字到底怎么写的时候，或者左思右想不知道“老鸹撒”①是什么东西的时候……

这时候很容易被西安人认为是“没文化”的，这就同巴黎人跟你讲博物馆和左岸，柏林人跟你讲那段东西德的历史一样：人人都是权威，语气坚定，条理清晰。简简单单一碗面，从选料到制作，面要怎么擀，汤要怎么烧，甚至连过面的水都有讲究，错一个不行，差一分也不行。若是有时间，连带着面的出处，猴年马月的记载，正史逸事，神话传奇，样样都能给你说得细致入微。一谈到吃，西安人个个都是教授授课级的行家。

这差距怎么赶得上？我的认知还停留在“陕西八大怪”的顺口溜和反复哼着黑撒乐队的那首《陕西美食》上，还抱有雄心哪天吃遍歌词里唱到的所有美食。

别看西安人对我对当地美食了解的皮毛不怎么买账，但听到我谈黑撒，几乎所有人都很开心。这支从西安本土崛起、立志用西安话唱Rap，描述西安生活的乐队，早前就以一首《起得比鸡早》小有名气。直到《舌尖上的中国》在讲西北的那集里，用了他们当年发表的那首《陕西美食》，迅速风靡大江南北，外地人听着西安话的畅快劲儿记住了“酸汤辣雨”，本地人则觉得亲切异常，仿佛血脉相通的生活被拿出了一个最鲜亮可人的切片，着实能骄傲一把。

黑撒乐队的主唱黑石，就是地道的西安人，曾经看过他的专访，

①老鸹撒：陕西著名的汉族面食小吃，是一种类似于面疙瘩的食物。——编者注

并非是个专注的美食家，他歌中所列的美食，虽然种类不少，但大多也都稀松平常。平日里味蕾总被这些菜色拥着，难怪个个能口绽莲花。

所以，在西安找美食，最好还是央着本地的朋友领着，钻深深的巷子，在只有几张桌子的铺子前排队，或者真的是老板的熟客，特意拿了手艺出来。好朋友毛毛平日就爱串馆子，心得、信息都细细地整理出来，以备约着朋友同去。借来仔细翻翻，还是能总结出几条规律来：1. 西安的餐厅大多专一，只主营一项拿手佳肴，从不贪全求多；2. 丰俭由人，都是小吃的分量，但同时都登大雅之堂，看你吃多少；3. 夜宵是美事，不需要走远，尤其在老城，晚上几乎处处有夜市，随便一个巷子背后，可能就藏着未被发现的惊喜！

最重要的一点是，要看西安人怎么吃。独特的饮食习惯极具观赏性。我始终记得在回民街附近米市口的老米家牛羊肉泡馍遇到的那个年轻人。泡馍是否好吃，除了主人家汤和面的先天功夫之外，就全赖掰馍的这个过程。馍掰得越细，汤就越好入味。结果，我只掰了半个小时就耐心尽失，随便扯扯就丢了满碗。那小伙子稳得很，心无旁骛，好像在完成一件很重要的事情，一只手握着馍，另一只手只用拇指跟食指的指尖，不算是掰，是一点儿一点儿地往下拧。前后近一个小时，碗中的碎馍竟然只有米粒大小。问他是如何掰得这么细，他只笑笑：“这需要童子功，你要是从小掰个十几年，也能掰成这样。”

同样有仪式感的还有做面的过程。陕西地区本好吃面，数得来的面食不下百种。陕西人好吃面，酸汤一过，哪怕顿顿吃，也能有个把月不重样。无怪西安瑞斯丽酒店别出心裁，在酒店二层开出了“大中华面吧”，专做中华近百种面食，一时轰动。附近社区的人纷纷前来，天天中晚饭人声鼎沸。除了交谈，就是听到吸食面条的哧溜声。别当

这是不妥行为，在西安，哧溜声越大，越说明这面条好吃，主人家也会越开心。或者主人家有心，直接把煮面的过程也摆到面前来。在西安喜来登大酒店的唐苑中餐厅点了一份“一口香”，师傅就站在身旁，面已经预先被分成一两左右的小份。师傅先使一双长筷，挑一份面丢到锅里，来回滚个半分钟，迅速捞至碗中，撒上香菜韭花，从锅中舀一勺热汤浇上去，客人就要快快入口，一口的分量，要的就是那股热乎劲儿和新鲜的面味儿。如此这般如同主客之间的一场表演，都能开怀尽欢。

虽然近年来，城区的发展拉高了西安美食的价位。黑石在访谈中也提到了，那种一个肉夹馍可以击败肯德基汉堡的日子一去不复返了。但是，多少人都还是在晚饭过后非要到东新街夜市尝一尝郑家包子和老陈家烩菜的。时光交错中，改不来的，毕竟还是改不来的。

杭城
一夜梅妃

每每梦杭州，主题都如美人华裳，翩跹起伏，毫不循环，却又承上启下，密密相连。丰盛如此的城，多折返几回吧。世上有的旅行是这样的，回步越多，情怀越盛，情怀也就越醇厚。

我们动身得早，一个半小时的车程，到杭州也不过上午十点。天空始终阴沉着，笼罩着昨夜烟雨氤氲形成的薄雾。动车的速度快些，仿佛是一头扎入了层叠的絮中，处处温软。是熟悉的杭州。

一路搭计程车奔着西湖的西边去。司机性格爽朗，一路说个不停，我却甚少搭话，只是闷着头，顾着这次来杭州单纯而明确的心思，想探这心水之城里的第一抹春色：梅。

念头自去年 11 月中旬开始萌生。彼时正在为《Travel+Leisure》（《旅游 + 休闲》）制作京沪穗三地短途自驾的手册，从网络的蛛丝马迹中找到了年代久远但如今松散轻薄的传统，夹杂在踏春巨大的利益冲动里显得焦灼而烦躁。大部分的文稿行笔贪婪，以往探梅赏梅的故事编纂粗糙，不求甚解，结果只是延伸了平日里的散步，该准备的情怀和心性却只字不提。若是退回几百年的时光，生活简单，心思也不那么复杂，探梅也许更多是来自心底私密角落里的敏感触动，每次必然如同履行仪式般，虔诚清雅。约上知己，或者自己提一壶温酒，待到梅花树下，才与好友不期而遇，也是一段心有灵犀的佳话。

于是收集看起来郑重些的资料，一头撞进杭州来。希望能够随着古老的路径，唤醒一些被摧毁和刻意遗忘的片断，触摸到那时的淡然清雅。

不去灵峰，不去超山。万人簇拥的香雪海从来都是庞大手笔，不看山势，不看路径，只一味地拣些品种移栽过来，据说还时常修剪，因此梅的姿态太过整齐。我选了近代名声寂寥的西溪，它从宋至清也获得过几声清逸的赞誉。若是独有梅，西溪恐怕无法重新唤起探梅的热情。巧在那一片覆盖了 70% 面积的水泽，细曲回环，将偌大的苇塘拥来绕去，景色总在高起的芦苇丛之后。想要一一逛遍，就必然要按图索骥，耐着性子兜转。一路念着缘分，或许能柳暗花明。

从高庄进去，只在地图上大概知道了梅竹山庄和西溪梅墅的方位，就沿着简陋的小路钻进芦苇深处。连绵几日的小雨，地上已经积起些泥泞，一路要接连跳跃着寻下脚的地方。去年的芦苇已然枯黄，却依然歪斜地搀扶着拦住视线。恐怕要再过些日子，新的绿芽从缝隙中钻出来，老叶子才摇摇欲坠地散开下去。视野被逼着只能往小径的尽头寻去，那尽头永远是在几步之远，仿佛诚心捉迷藏一样，总要抢在几步之先，再躲一次。再没有什么东南西北，只能在前后左右忖度徘徊，寻精灵一样的梅花行踪。

但梅花也眷顾着人，稍转过几个弯就有一两株艳红从青黄的萧败中挣扎出来，枝条略微拢着，矜持安静。即使走到近前，似乎也不能随意伸手拉下枝条来闻闻香气。何况气温低迷，水泽天生的温凉气质，香气也只是低低地伏在鼻翼边，没有起伏的波痕。若不是偶尔有凉风缓缓地钻过苇塘的缝隙，有细微的摩擦声，一个人，几枝梅，就那么

定在一幅画里了。对视的几秒钟，也有隔世的感觉。直到转身，看到前方小径上，另一簇红色微微探出了头，才想起还在前方的眷顾。

所以才合了“探”字。梅不在身边，若只是一味贪图安逸，必然也见不到花的绝美。超山之侧，灵峰之巅，甚至孤山林公的墓旁，聚集的梅林更像是圈养的花圃，熙攘喧闹。加上杭城气候温润，早早便都吐了蕊，张扬绽放，顶多应了“赏”字，将梅当作怀中物。可梅花其实是并不要亲近的，它并不求显山露水，直通的小径里反而看不到芳踪。万般的风情，全在探寻之上。仿佛看梅也需要一种缘分，心到，意诚，天时地利，才能窥见别样的容颜。期冀，却有进退分寸，也许才是梅的知己，深入其心。

就这样零星地走着看着,过了水桥,梅花才渐渐簇拥在了小径两旁。身边宽窄得当，花聚似锦，伸手还是抚摸不到。只是香气渐浓，略一走动就能漾起嗅觉的涟漪，仿佛是荡了小舟，在水上悠然得要昏睡过去。颜色也开始杂糅，暗紫、粉白、艳红，错落在缝隙间轻轻地抖着。也许是水泽的浸润，那颜色是重的，坠着枝头直往下走，像是浸饱了彩墨，悠荡着就要滴下来。路也开始轻松，只需要随着梅的踪迹，总能进到一座庵寺，或者一片古朴村落。河中开始有渔民的踪影，赶着笨拙的鸬鹚寻鱼的痕迹。倒影从梅的缝隙里缓缓行过，虽然距离很近，但依然感觉遥远。也许是杂记中遥望亲切的梅仙，给途中的人指一个甜美的幻象，算是对执着的犒赏。

惊艳永远在角落里。梅是主角，领了气质，而老旧的石凳，铺满青苔的屋檐，甚至只是一条泥泞狭窄的小路，隔绝了时光的干扰，保存了一份不真实的氛围。草堂的正门，一株正值壮年的白梅开得昂扬放肆。几日的微雨扑打，花瓣如碎粉，沉甸甸铺了一地。连门边粗笨的石凳上，都蒙上了一层白锦。虽然已经是无人居住的空宅，有了这，就不觉得寥落，反而多了一份人情。落下的梅，没有黛玉式的怜爱，只是安于风雨和时间的安排，一点一点地绣着一方土地，直到铺成玉带般，颜色依然光鲜，没有颓败的迹象。我往往会被路边木椅下一层红梅的花瓣引过去，像个深沉的吻，不傲、不伤，情却是真的。

脚步停在西溪梅墅。竹草搭建的屋子，还是保持着当年古旧的风色。踏着地板，双脚都能站进深棕色的黏稠故事之中。灯光黯然，和着遥远的古琴，听不出节奏，却能清晰地分辨回环的余音。梅到了这里，才稍微能显得亲近和顽皮。无论哪个窗户，正要坐定，总能看到梅枝孩童般地探进头来，在眼前晃啊晃的。如果有一阵风，就有几片新鲜的花瓣飘落在藤桌上，或者直接落入依然温暖的酒杯中，添一些天然的花香。

门口蹲着的老大爷一脸沉默，自己咂着水烟，默默地盯着眼前的锅子。约莫着时间差不多了，才狠狠地磕磕烟袋锅子，起身将平底的铁模一翻，开了盖子。温和的香气就像是幌子，不多的时间就招来了在园中闲逛的游人。如此湿冷的天气，若不喝一杯刚刚烫好的梅花酒，吃上一两个新鲜烘焙的梅花糕，整个人怕是都要低落下去了。老人家并不是很愿意谈起他做梅花糕的年月，他说已经忘记了是从什么时候开始经营这门祖辈传下来的手艺的。但他分明对自己的火候极为自信，见我吃完手中的糕，便又从锅里拿出一个递给我，说再尝一个吧，热乎的，然后对着园中桌子旁那一群随身带着膨化食品的人频频摇头，嘴里念叨着：赏梅的时候，怎么能胡吃这些东西呢……果真不如从前了。

果真不如从前了。萧瑟些，随意些，放肆些……可从前究竟是如何的。年轮上下，留名的咏梅诗词灿若星河，可粗粗看来，全是拘着

"四君子"的名分，撑硬了风骨高高地供了起来。及至春景，却又狎昵亲近，攀些富贵的名号，笔锋回转，总觉得不在真心。满目读下来，只有李清照和林逋的诗词不那么做作地将梅推拒到高处。而李清照终究是女人心性，再加上点儿自负的情绪，自己先落了俗套。如此算来，也只剩下林逋了。

杭州的梅花之名，大半是拜林公所赐。不惑之后，林公结束了游离飘荡的生活，定居在西湖孤山。不慕功名，不羡富贵，独独钟情梅、鹤。每次出游遇到名木，总要重金购来，围着自己的庭院满满种上，规模鼎盛的时候达到三百多棵。每每梅子结下，便拿出去卖钱，一株的银两包成一包，投入瓦罐之中。用时就取出一包。银两将尽的时候，新的梅子又可以上市了。他豢养的鹤"鸣皋"，极通灵性，可以代行取钱买菜的琐事。每每林公泛舟西湖，家中若有客人到访，童子就放鹤高飞。林公看到双鹤高翔，就调转舟头，入门会客。闲散恬淡的安排，宛若梅踪。连当时的西溪，因为盛产绿萼梅的声名，也引得林公频频到访。"梅妻鹤子"的名声，使败北的南宋朝廷在圈禁西湖皇庄之时，特许林公仍住孤山，也使得林公的情怀在朝代灰飞烟灭之时，依然千古流传，熠熠生光。

想来，也只有林公，待梅如同知己。若不是天生清幽的眷恋在，又怎么会有"疏影"和"暗香"的巧动心思。

是啊，别中了连篇累牍的诗词之毒。仔细凝视眼前的梅，清冷、决然，需要保持着距离，但分明隐在骨子里的，是一种别样的媚态。古时花喻女人，体态风度都要得当。若来比梅，必然是身出名门，沐得道德教养，内心却未被束缚，平静外表下的念头往往是义无反顾的惊涛骇浪。待人接物清冷节制，却总透出万古风流的淡淡诱惑。若是女子姓梅，仿佛就标明了一生的命运，草木多情，枝条柔弱却百折不弯。我没有看过程派大戏《梅妃》的全本，却常被这名字撕扯得浮想联翩。秀锁深宫的绝色，却肯定不似锦衣玉食中的人，蒙上了一层出世冷眼的姿态，不是牵扯着帝王一世的心，就是触怒骄奢的龙颜，落得飘红化泥的解脱。

临走之前，还是特地去了孤山，拜谒林公的墓地。墓四围的梅林经过整肃，虽然没有古朴的风情，却也有年年新鲜的颜色。每到梅开的季节，也总有有心的人折下梅枝，放在林公的墓前，以作凭吊。爱梅之意，究竟是假托于草木，还是钟情一人？如今已经有些争论，理由就在于那首你侬我侬的《长相思》。林公怕是也有自己的“梅妃”，两人便如现在观梅般，静静对立，就有浓情缱绻。不需语言，不消动作，只这专注凝眸，梅已与有缘人对视出了永远。

Part 03

这么远 那么近

总能找到一种方式，将自己的情感迅速地与一个地方拉近。即使它远在地球另一端，平时连交集也无，也能从某个不易察觉的缝隙里，生出亲近的因由来。这是旅途中必然的牵绊，像约定了期限的恋爱，遇见、痴缠，然后告别。

马德里
味蕾上的弗拉明戈

能将味蕾照顾周全的城市，大多可以算得上丰盈的目的地，细节华美，情感丰沛。这就像能将味蕾照顾周全的男人或女人，大多有值得倚重的丰盈生活，懂得风情，识得风月。马德里天生知性美妇，捧一席盛宴，活色生香。

时差的效应刚刚开始，我甚至有点儿想躲开马德里午后的阳光，热辣、干净，毫无遮拦到有点儿放肆。天上没几朵云，整座城市像是刚刚被擦拭过，连年代久远的市政厅都如同刚刚浇铸而成的金器，有嫩嫩的新鲜色调。气温已经回暖，街头上有画着夸张鬼脸的艺人在玩杂耍，不过气氛依然不似巴塞罗那般热情。作为首都的马德里，有着所处高原的一种疏离感，喜怒不形于色。特蕾莎当年曾在这里留学，却也颇费了一番功夫才能窥到这座城真正的气质：藏在内里，第一眼不是很讨人喜欢，但在沉心入内里一番细致游走之后，却又欲罢不能起来。

威斯汀皇宫酒店的“冬日花园”拯救了我将睡未睡的神经，这座位于马德里市中心的建筑刚刚告别了自己的第一个生日。和马德里市区大部分的建筑一样，韶华易逝，世情多变，如何维护旧有的华光和格局，使之既盛得下如今爆发膨胀的生活，又能随时唤起记忆，不失当年的雍容与华丽，似乎是整座城市永恒的主题。外墙的赭色石块依然颜色鲜亮，丝毫不见时光的斑驳。门童耳鬓已经斑白，制服却打理得不见岁月，袖口纽扣的一抹金色十分新鲜。他们通常保持那种些许克制的、彬彬有礼的神色，接过行李时腰身都只是微微一欠，旧时代的举止礼仪，但毫无违和感。他们带领着你穿过依然狭小的正门，在你办理完入住手续之后，一边说抱歉，一边帮你把行李抬过横在眼前的十级台阶。

“为什么在翻修的时候不设个行李通道呢？或者将电梯移到这里？”我听到有客人轻声抱怨。

门童耸耸肩：“我不知道，女士。但我肯定，那不够美！”

不够美，这种标准必然贯穿了几年前对这栋建筑大规模整修的全过程（事实上，在以后的几天行程里发觉这几乎是整个马德里对待建筑的重要准则）。一切的格局都被尊重和保留，包括几乎永远看不到尽头的走廊，繁花似锦的壁纸，以及一楼巴洛克女神像背后掩藏的那一小段金碧辉煌的旋转楼梯。通往冬日花园的门廊挑高了视线，但直到两扇沉重的花式铜门打开之后，视线才又豁然开朗——大开大合的豪门风范。

曾经马德里最为热闹的社交中心，名流舞会的举办地，而今格局未改，风格已经大变。玻璃穹顶被重新打理过，正午的日光可以毫无遮拦地铺下来，玻璃上细致如生的花丛图纹，瞬间可以流光溢彩，并且投射了空间里所有错落的光影。即使在正午阳光最烈的时候，室内的光线依然温柔如轻纱。身暖、心暖，便是一个好地方，适合让舌尖也暖一下。

迭戈·格雷罗喜欢在这里跟他的食客拥趸们聊天。出了厨房，他总是迅速地脱掉一身的厨师制服，换上牛仔裤、毛线衫，像个艺术学

Mahou

院的老师，窝在角落喝一杯浓咖啡。“除了在厨房，我一点儿也不喜欢把自己绑得紧紧的厨房制服，它除了让我不自在，也让我跟客人有了距离。况且，我喜欢躲在一边，端着一杯咖啡偷听他们对菜品的评价。”他与威斯汀皇宫酒店合作的“Tapas 革命”套餐不过年余，受到的追捧和好评让这位年轻的厨师感到有些吃惊。西班牙人的舌头见多识广而且要求严苛，何况马德里食肆蜂拥，南至格林纳达，北到巴斯克，多达百种的地域美食，有米其林荣誉加身的也并不鲜见，迭戈能获得如此赞誉也实属不易。

其实单纯地叫 Tapas 有点儿名不副实，简单地在一片面包上加上各式配菜并不能完全概括迭戈对自己作品的设计。他大量采用了北方巴斯克地区采用的手法，不仅摆盘细致如同雕花，色泽搭配如同服装设计师般仰仗灵感。迭戈承认自己并没有什么缜密的、可持续地开发新菜的计划，而更多的是情致引发灵感，随遇而安。这颇像艺术家的创作过程，“有了灵感打底，创作和反复的试验才会有底气。”

迭戈大量地运用巴斯克地区的海鲜，花了大把时间和精力将鳕鱼的浓郁与菜蔬的清香加以调和，使之可以在唇齿咀嚼之间缓慢地按照层次发挥出来。分子料理的流行手法被极其节制地在辅料上使用。我倒不觉得迭戈的工作是在创造一场“革命”，或者试图为美食上颇为坚持的马德里人创制新的风味典范。相反地，他料理中的骨血，还是能轻易地嗅到巴斯克地区的浓浓传承。何况迭戈承认自己“玩心甚重”，所谓的“革命”，更像是一种重新的打磨，街边食肆的 Tapas 小食，也可以小有天地，在大雅之堂馥郁芬芳。就像很多迭戈的拥趸选择，在冬日花园里随意吃几道，有如别具一格的下午茶，没有什么负担。

相比之下，米其林一星大厨罗德里戈・德・拉卡耶在别格纳别墅酒店一楼餐厅推出的“绿色革命”菜单倒真有一些逆潮流而动的勇气。西班牙人嗜肉如命，Tapas 的绝大部分也是荤菜唱主旋律。但罗德里戈太爱蔬菜了，他曾经在南美待过许久，花费年余的时间采集和研究南美的菜蔬和香料，并且将菜籽带回马德里，尝试在距离马德里城区一公里的家中重新种植。“要让异域的蔬菜适应马德里的气候和土壤可真是个挑战。”好在摸索中，数十种蔬菜渐渐成了规模，葱茏时如同精心打理的私人花园。产量不仅能供给自己的私人餐厅，也足够他四时不间断地在表格纳别墅提供“绿色革命”的全套菜单（个别菜品会随着时节略有变化）。每个人都得收敛鱼肉满桌的心思，看着荤腥全被蜻蜓点水地用作辅料。除了用小巧的玻璃盏盛的火腿汤可以勉强算作荤菜唱主角之外，其他一律“云淡风轻”。不过淡有淡的风色，既不像国内素餐，硬要拗成荤腥的味道，也不是矫揉造作的所谓“原生态素食”，只是简单的食材堆砌。来自秘鲁的香兰，被榨出玫瑰色的汁液，淋满碧绿色的盘底，有轻轻的酸甜气味。洋葱每人只得三片，稍微过油，烧成白玉一般的颜色，再撒上些茴香捣碎磨成的调料。原香还在，但土地里那种青涩的生猛味道已经被滤去了，入口务求圆润顺滑，倒是更加熨帖一些。当然，如果当晚餐厅不忙，跟大厨聊聊也是乐事一件。罗德里戈乐于交谈，高兴的时候会给我们看他文在身上的蔬菜，当然也不避讳我们对他“勇敢尝试”的疑问。他指指餐厅角落的一桌客人，“他们已经是本周第三次来吃了。”铁杆粉丝的逐渐增多使他觉得可以把“绿色革命”持续更久。“虽然粉丝的增长有些慢，但这足以证明，我们的味蕾有时比大脑要开放得多！”

读懂一座城池，以便读懂它的美食；读懂它的美食，以便读懂一座城池：两个方向，殊途同归。建筑学家坚持着："只知道待在餐厅里胡吃海塞的都是傻瓜！"老饕们也会嚷嚷："不了解美食精髓的格局，你怎么敢说了解这座城？"

我在阿尔卡拉大学的塞万提斯大厅坐了很久，这座建筑位于大学古色古香的第二重院子内，至今依然享有极其重要的地位。西班牙王室每年依然会在这里举行盛大的仪式，向以西班牙语写作并且成绩斐然的年度作家致敬。人们通常会沿着斑驳的甬路，穿过几重阴暗的拱门，绕过几株百年的参天古树，只为聆听当年戴上桂冠的智者的发言。文学魅力的至高无上并非仅仅因为塞万提斯，而是留存下来的格局与传统的传承。

阿尔卡拉不怎么在意时间流逝，在被评为世界遗产城市之前就是如此，它完好地保存了在那几个节奏恬淡的世纪里一切缓慢发展的痕迹，特蕾莎曾在这里度过自己的时光。如今故地重游，再去学校门口的咖啡馆，简直时光如昨。主建筑的砖墙因为时光的久远而泛出深沉的赭褐色光泽。石制高塔上，白鹳用枯枝打造的巢穴已经扩展得如同厚重的帽子，它们常常在镜头中一动不动地向下望着。有些弃用的老屋已经渐渐显出颓败的样子，直到下一个租户来临，才会重新修缮。他会收到一份详细的"装修指南"，上面密密麻麻地列举了需要注意的条款。阿尔卡拉不欢迎风格的突兀，你要珍重传统。就像邻家的那座剧院，可以追溯到莎翁时期，外表毫不起眼，内里却是层层叠加，每个时代的修葺都小心翼翼地维护着过往的痕迹，从未想过要取而代之。现在的观众，坐在一个巨大穹幕上观看由简单的灯光系统照耀下的小剧目（这完全是出于对脆弱而古老的木质和砖石结构的妥协），而在脚下，真正原初的，由碎石铺成的地面被完整地保留了下来，甚至纹理的样子都丝毫未改。剧院还特意保留了一段通往幽暗地板之下的楼梯，去看那些被木桩支撑的、潮湿的舞台之下的空间。

我一直觉得阿尔卡拉就像是骨血相连的，马德里的前身：塞万提斯和堂吉诃德时期定下的风范和从容。虽然庞大的都市似乎时时都被规模捆缚，发展中总有些跌跌撞撞，但马德里自然生长的气度和胸怀从未变过。即使大规模的城市建设工程，也从未动过抹去格局、平地重建的心思，而是注重于现有格局的延展。因此，在密如蛛网的小街上，独立的餐厅依然可以如百年前一样，肩并肩挤在一起。善用十几平方米的空间，凭着大厨的个性和魅力各自争取拥趸。也正因如此，即使像我这样第一次到访马德里的游人，也可以跟着马德里人有样学样，召唤几个好友，顺着餐厅的顺序，一家接一家地转场。甚至都不需要座椅，只要一个高脚圆桌，可以放得下两三盘 Tapas，或是未除墨袋的墨鱼，或是浓汤配合青口贝，甚至是几片名声盛隆的小何塞火腿，一段交谈，佐上一杯红酒，吃残了就转向另一家，同样的规制再来一份。兜兜转转五六家是平常事。全世界恐怕也只有西班牙人才会如此宽松惬意地享受自己的日常美食。也只有在马德里，像串吧一样的吃法才显得这么自然而然。若是胃口好，往往能品尝到多达十几种由几个大厨料理的菜色。即使夜晚还有些冷，人们还是在八点之后，披着餐厅提供的毯子，把临街的座位占得满满当当。丰盈和闲适可见一斑。

我至今依然记得在马塔戴罗酒馆，用一杯热巧克力消磨的清晨。当你进入后空间便陡然下沉，顺着楼梯走到餐区，才能多少窥见空间的全貌。窗户几乎是在三层楼的高度，上午的阳光刚好能穿透进来，将唯一的一张原木长桌照得通透。若是两人结伴，大多更中意贴坐在那些裸露的红色砖墙旁边的双人小座。它们大多围绕着那座几乎占据了大半个空间，有两层楼高的年代久远的巨型烤炉，可以看到炉壁上斑驳暗淡的痕迹。酒馆恰好可以被视作浓缩的马塔戴罗区域改造计划。城市的扩容使得始建于十九世纪的屠宰场外迁，新的设计方案转换门庭，保留了巨型的空间格局，外观也只是做了清肃和修补，却可以将艺术、录音、影院、餐厅、文化交流中心一体囊括。骨血不变，功能延展。这种手法在普拉多美术馆、索菲亚王后美术馆的数次修缮中被反复使用。

在获得许可之后，我们甚至进入了只对获邀艺术家开放的“创作空间”。时间还早，艺术家们恐怕都还聚在咖啡馆里闲聊，半成品大多散落在四处。在动辄长达月余的创作周期中，可以利用富裕的空间随时审视作品变得非常重要。而且任何野心宏大的计划，都可以非常直观地实现和考量。一组工人仍在一个关于银幕与座椅的装置项目上忙碌，他们中的大多数已经在这里协助过几十个青年艺术家的作品。在他们看来，整个马塔戴罗项目，甚至整个马德里，就是一个持续的观看与被观看、审美与被审美的过程。过去看现在，传统看革新，现在和革新又不断地回望着过去和传统。“就像酒馆里的那尊烤炉，怎么看都不会觉得过时，因为审美不脱离传承，才会有更多的包容性。”

ZONA WIFI

CARRASCO
Jamon
mas
-CONO JAMON IBERICO
-CONO MINI CHORIZO
-CONO MIXTO
-COPA DE VINO

马德里让我明白，传统与革新不必自始对立，而是生长的必然两面。若传统没有穿透岁月，包容变化的弹性，不必自称为传统；若革新没有深入了解来自于传统的传承和影响，也不必自称为革新！

La Bola（博拉餐厅）的厨房狭小拥挤，拥挤到我根本不能不受打扰地拍摄几张店里的招牌菜——马德里肉汤的烹制过程。厨娘们要在四个小时的时间里，不断地从熬制着原汤的大锅中将原汤逐一地添进特别烧制的瓦罐中。其中的猪蹄、鹰嘴豆，在经过长时间的腌制和蒸煮之后，已经变得柔软滑腻，连加入的汤都会泛着浓郁的香味。已经到了午餐时分，餐厅里几乎没有空位。连走到自己的座位都需要其他客人起身挪动椅子，腾出过道。身着黑马甲的侍应生彬彬有礼，也并没有挤在厨房的送菜口大声催促着上菜。客人们看起来也大多不赶时间，只有厨娘吆喝着把刚出炉的肉汤送出来时，才颇有默契地把面包移到一旁，重新整理餐具，开始正餐。

“四个小时的烹饪时间并不是弹性的，这是餐厅一百多年来坚持的标准，不能打折扣。”罗拉目前是这家由家族传承掌控的百年餐厅的掌舵人，在与我交谈之前，她几乎跟每张桌子的客人都打过招呼，或者拉拉家常。“很多客人在这家餐厅用餐的时间比我的年纪还要大。当我还是个小姑娘的时候，他们就认识我，或者说，看着我长大。”餐厅的历史可以追溯到她太爷爷那一辈，餐厅的格局是当时的遗产，家族成员则喜欢在后续的修缮中逐渐将经历的喜怒哀乐放置上去。已经有些模糊的黑白照片、古典吉他、餐厅最早定制的银质餐具，还有我十分喜欢的清绿色花式壁布，那是二十世纪中叶曾经在马德里风行的样式。

“我和客人都对餐厅的细节很熟悉，当年我父母的客人，如今他们的孩子依然愿意来这里用餐，这就像和几个家族一起分享记忆和时光一样，很有意思！”所以，罗拉觉得自己需要扮演好一个守护者的角色。“家族有新的生意，有新的餐厅，弗拉明戈俱乐部，但大家都同意维系和坚持 La Bola 原来的风貌。”在她看来，变化是潮流，但对情感和记忆来说，却并非都有好处。“我喜欢去新餐厅吃饭，但这并不意味着我一定要放弃一些让记忆温暖的传统。”

同样的传统在 Botin（波丁）餐厅以另外的一种方式存在着。吉尼斯世界纪录上“最古老餐厅”(1725 年) 的名头为餐厅带来了持续不断的游客潮。餐厅索性调停了自己的时钟，虽然维系十八世纪原初风格的成本越来越高昂，甚至寻找相同成色的红砖已经越来越难，但试图回忆的冲动实在太过强大。这让餐厅的地下室成为食客们最钟爱的就餐区域，为了获得一个座位甚至不惜在紧张的旅程中选择等位。曾经被用来贮藏葡萄酒的地下室空间并不算大，座位通常都挤在一起，但那些裸露的红砖和灰粉勾勒出的线条实在太酷了，它总让人想起中世纪之后人们对于美食就餐氛围颇有规矩和情趣的年代。当然，照着当时的规矩，主人需要不时踏上那段需要低头俯身才能通过的狭窄楼梯，通过一个木质的窗口，向厨师关照稍稍调节口味。这个窗口依然还在，只要稍微向里探身，就能看到厨师用长柄的铁铲将腌制的乳猪送入那个已经被长久烟火熏烤成黑色的巨型烤炉中。繁忙季节里，厨师每天几乎要烘烤上百份乳猪。

乳猪是这里最受欢迎的菜式，皮脆嫩，有浓郁但不呛人的烟熏气味，肉也有一股香甜，趁热吃上一口，配上一款年份久点儿的红酒，咀嚼得慢一些，那味道能在唇齿之间像花朵一样缓慢绽放。当年，这味道也曾征服海明威。这位当年在欧洲做游侠的年轻人并不是那么钟情从来都拥挤的地下室，反而会坐在二楼那个被青瓷花纹包围的角落最里面的那张椅子，藏得很深，少有人打扰。既可以独自慢品一份地道的波丁烤乳猪，又或者写点儿什么。餐厅并未为这个座位添加什么特别的标记，只有侍应生们知道这套桌椅的确切位置。多年来关于海明威的争论从未停止过，他是个伟大的作家，但他是否是个美食家则一直没有达成共识。“不少人问及海明威，但我们相信这并不是客人们选择 Botin 的终极原因。”侍应生在重新整理自己的白色西装和领结，似乎对我提及的关于海明威的问题不屑一顾。“如果味道不好，相信我，什么理由都不能让西班牙人再来第二次。”

所以，一开始在脑海中始终对立的“传统”与“革新”似乎开始在马德里握手言和。其实这就像在美术馆楼顶新开的露天咖啡馆，边喝咖啡边俯瞰马德里，或者将自己埋在圣米盖尔或者圣安东菜市场里，围着摊位浅尝海鲜的时刻一样。成熟如马德里，不会为概念选编，而只会为自己钟爱的生活而取舍！

达尔文
非典型澳洲的典型生活

说实话，我无论如何也没想到是从达尔文第一次登陆澳大利亚。这就像是从一个刁钻的角度撞进往事。我喜欢这种不遂安排、意料之外的旅程。它甚至可以创制一种情感和印记，填补心里不易察觉的缺口。

从新加坡飞往达尔文的夜机上，我一直在想妮可·基德曼。在巴兹·鲁赫曼野心勃勃的电影《澳洲乱世情》中，她一手按着帽子，一手捏着裙角，跌跌撞撞地从达尔文港登陆。颐指气使的英国夫人就在日军轰隆的炮火之中，一头撞进了澳大利亚，跟着“粗鲁无礼”的休·杰克曼横穿整个北领地。照例地，放下身段的上流夫人爱上了骑马的牛仔，两人在达尔文不朽的落日中拥吻……

这部电影当年遭遇票房滑铁卢。但妮可·基德曼和休·杰克曼皆是澳大利亚影人的宠儿。我以为电影的桥段会是完美的谈资，但事实上，无论是因为爱情漂洋过海定居在此的玛丽，还是土生土长的尼芙特，大部分的达尔文人对这部电影兴趣寥寥。帅哥美女的爱情故事放之四海而皆准，巴兹在其中添加的日落和荒原场景对达尔文来说只是皮毛。他们始终更喜欢《鳄鱼邓迪》，那至少展示了与众不同的生活方式，以及经由这片土地磨砺而出的心性和禀赋。但他们除了偶尔向游客提及之外，生活之中也是绝少提到。三个小时的电影，就如同一个切片，怎样也描摹不出达尔文全部的风情。正宗的达尔文人会对你耸耸肩：“生活第一，这里是澳大利亚，这里又不是澳大利亚，亲眼来看了才知道！”

我想循着存在脑中的文本去寻找那个充满着炮火与挣扎的年代留下的些微痕迹。但我蹬着租来的自行车，沿着海岸的棕榈树跑了很久，跑到天边几乎泛起了黄昏的粉红色，也未有什么收获。达尔文平和得几乎找不到任何刻意标榜自己历史的痕迹。19 世纪到访考察而使此地得名的达尔文，也许只出现在课本或者博物馆序言的段落里。“二战”中被日军狂轰滥炸的莱利海湾，也早已修整得一片风光旖旎。穿过通透的阳光，可以看到旖旎海岸的每一寸肌理，海水有令人敬畏的蓝，没有任何杂色。在经历了半年之久的阴雨和狂风之后，达尔文已经进入一年中最好的时节。持续不断的阳光几乎没有什么云层遮挡，将整个北领地烘得暖暖洋洋。玛丽最喜欢和男朋友开着小卡车沿着海岸兜风。那些小街依然保持着 20 世纪 70 年代的模样。尽管有新鲜柏油颜色，但几乎没有动过拓宽的心思，几乎与 1974 年飓风翠思到来前是一样的宽窄。翠思几乎毁掉了整座城市，也在瞬间折断了达尔文想要打造新的摩天都市的念头。法令迅速颁布，重新修整和兴建的建筑一律需要缩短身量，从此再无陡然高起的摩天楼打扰达尔文的天际线。但原有的城市格局依然未动。门前的小街，线条与脉络一如半世纪之前，本地人闭着眼都能走到酒吧街，懒懒地来上几杯啤酒，谈谈恋爱。达尔文人更关心的，是去年画出的自行车道线路是否还清晰，航海俱乐部是否已经开了新一轮的会员注册……

旅途中，自我是随时离散的，甚至是强被忽略的。必要时，你甚至应如柔软的婴儿，毫无城府与执念地去了解和接受一座城的全部哲学，即使它新鲜得有点儿危险。

我花了比平时多三倍的时间才安顿好了酒店。由于旱季到来，达尔文几乎天天都是假期，全澳大利亚人都有打算在七八月份到北领地度假，只有不明就里的欧洲人才会傻呵呵地奔悉尼和墨尔本去。临近海滩的酒店一房难求，平时宽裕的停车场也在上下班高峰的时候略显拥挤。玛丽开着车载我们在达尔文市中心闲逛。遇到红灯，前面才停了两三辆车，玛丽就抱歉说实在太堵了。但这比起上海动辄的拥堵简直是小儿科。经常是我才拿起相机，准备给路边的一家打扮清丽的餐厅来一张，玛丽就一脚油门蹿出去了。多点儿路程上的耐心看来是达尔文人不能忍受的，所以，行车路上我只能大略看着两旁街景。路边的餐厅在阴雨的半年里总显得有点儿浑浑噩噩，能躺着绝不坐着，现在一个一个都打起了精神，总是在不断地修整。主人会挂一层又一层的灯网，傍晚时分就齐齐亮起，街道次第有更温暖的颜色，如同蔓延开来的华丽血管。年轻人从海滩上撤离，沿着米歇尔大街一路往市中心跑过去，几家酒吧的激光灯光已经开始扫过街边悬挂的巨幅“达尔文节”的海报，隐约的电音节奏开始摇晃交错。人们不进舞池，往往在最外围的露天餐桌处就跳了起来。

“喂，埃德温娜，你在哪儿？我在节日公园的边儿上。”“亲爱的，我也在节日公园。”我对着手机大声嚷嚷，埃德温娜在电话那头声音也不小，可我围着公园转了几圈之后，依然未能从熙熙攘攘的人群中找到她。人都像是突然从地下钻出来的。挤在一个角落的年轻人已经迫不及待地享用啤酒、鸡块，和着摇滚乐开始摇头晃脑。公园已经开始调试晚上要用的灯光。

“如果你也经历了这里长达半年的飓风和暴雨，大概就会理解达尔文人为什么会那么中意户外活动了。” 我终于在 La Soiree 正在搭建的剧场旁边找到了埃德温娜，她正查看演出场地的准备情况。来自英国的著名剧团 La Soiree 正在为明晚的演出进行最后的调试，在今年年初,埃德温娜接到了La Soiree征询是否能来参加达尔文节的电话。紧接着,美国民谣歌王肯尼·罗杰斯也定下了达尔文节期间献唱的日期。“当各个城市都开始举办各种各样的节庆之时，这些享有盛誉的艺术家依然选择来达尔文节，这着实是件令人兴奋的事。”

这个缘起于从翠思飓风的悲伤中重唤城市信心的节日，通过近三十年的累积和发展，正渐渐地表现出卓尔不群的气质，以及极度包容开放的心态。跨文化、多领域的创作力量被持续地关注和鼓励，甚至今年首次有来自北京的对话戏剧出现在表演名录之中，但过于先锋和实验性的题材始终少之又少。达尔文的口味始终平实沉稳。那些与生活互相映照，息息相关的题材在这里永远流行。当然，对达尔文人喜爱户外活动的习惯，他们也要展示理解并且做出调整。“La Soiree 从未做过室外演出，我们着实费了一番气力说服他们接受户外演出的方案。”于是，La Soiree 有了史上第一个复古如中世纪戏剧谷的户外演出场，他们也许从未想过有一天，他们用来表演杂技的藤索会搭建在公园的巨树之侧，要顶着漫天的星斗翻跟头。

但表演不仅仅是表演，La Soiree 的临时演出场只占据了节日公园中央的一小部分，其他的空间也早已布置停当。和达尔文节的另一主要活动场地乔治·布朗一样，亮若星辰的大型灯棚之下，早已摆上了十几张巨型木桌。城中颇有名声的餐厅，都在四周支起了临时的摊位，虽然大多是随意的简餐，方便食客们随时交换座位，但大厨们依然一丝不苟，仿佛对面打擂一般，样样都要不输声势和精致，光是锅碗瓢盆碰在一起叮叮当当的声音，就热闹得很。往往是在傍晚，阳光还未落下时，公园临时搭设的酒吧角落就已经排起长队，演出开始便去看演出，演出结束了依然凑回到长桌前，继续派对。灯棚之下甚至另搭了舞台，邀请了达尔文本土的年轻乐队来做助兴演出。乐队成员大多还在校园内，音乐写得青涩生猛，恰恰能够带动如嘉年华一般的气氛。时常有人大声笑着就舞了起来，台上台下一呼一应，节奏混成一片，好不欢乐！

每每被日落的光线湮没的时候，我总是在试着接受诀别般的触感。我们日日需要面对告别，随着年月渐长，似乎越发频繁，越发稀松平常。不甘与不舍还是一样的，只是表情平和，如同离开或者继续一段旅程。老妈说过：长情就好！

周日的下午我们婉拒了待在海滨广场喝下午茶的建议，早早地驱车前往明迪海滩，为的是一睹日落市集的真容。这个只有在周四和周日的傍晚开设的市集，在持续数十年之后，近几年突然声名大噪，不仅旅行者奉为体验达尔文式生活的典范，本地人对其持续投入的热情更是让人视为传奇。也只有在这里，达尔文与众不同的混血气质才会被如此浓缩和集中地体现出来。长不过两百米的小街上，几乎在半个小时之内就迅速地被上百辆卡车挤满，后车厢打开，撑上支架，就可以摆开摊位叫卖了。中心的区域永远是留给美食的，这几乎是达尔文所有市集不成文的规定，非得穿越团团围裹才能挤到香味扑鼻的摊位前，是早前在帕罗早市上就有过的经历，来自美洲，泰国、中国等十几个国家的新鲜菜蔬和美食，极受附近居民的欢迎。而日落市集上的美食则更加纯粹，一律是本土的或者异域的小吃，而且均是现场制作。无论炒面，还是拌饭，透过橱窗，客人们非要直接看到伙计们端着锅炒得热火朝天、大汗淋漓，吃起来才能香辣入味，生猛过瘾。就连澳大利亚西海岸刚刚打捞上来的新鲜生蚝，人们都要拥在一起，年轻的渔民像是个一本正经的表演者，拿着把刀把生蚝一只一只地剖开，在饭盒里排成半打，淋上柠檬汁，像完成仪式般，再笑眯眯地一手收钱，一手把生蚝递出去。吃不单单是一个目的，而成了一个环节众多、趣味横生的过程，每个人多少都得全情投入一点儿。绕过卡车，也不拘什么散落的座位，席地而坐，头顶是将落的夕阳，耳边是摩挲的海浪声，怎样都能享受。

其实，我倒更喜欢明迪日落市集的外圈，达尔文人悠闲生活中的小创意小情调，几乎全部都带到了这儿，这呈现在细小的物品上，一样一样地摆出来给你看，颇有创意市集的气质。取材并不奇绝，也没有什么设计界中“为了设计而设计”的匠气，多是生活中随手而用的东西，平实而温馨。苏珊已经在这儿连续摆了十几年的摊位，那时候的明迪日落市集，还只是个比较纯粹的“吃货天堂”，创意物品的摊位还是屈指可数，只有她带着自己“海洋”系列的第一套产品，在角

emdee
::DIDGERIDOO:::: DRUM N BASS:::COLLECTIVE
WWW.RAWDIDGE.COM::

落里支起了摊位。材料不过是她平时在海滩上闲逛时捡拾的贝壳，重新打磨之后做成一系列的餐具。苏珊极其直白地表示她很厌恶只会用贝壳做项链、手链的作为，既没有想法，又华而不实。“不为生活服务的想法，终究是没什么意思的。”我入手了一对木柄的汤匙，匙头竟然是两只花纹灿烂、形状周整的蛤蜊壳。我依照苏珊的提醒，拿着匙头正对着夕阳，能够看到光晕在纹理之中碎成一抹一抹的亮粉。边上的歌手突然弹着吉他开始唱情歌。

还不到七点钟，人们就忽地全部涌到了海滩上去。不少人已经摊开了桌布，席地而坐。散落在各处的街头歌手也聚集起来，接棒似的轮番开始唱情歌。明迪海滩上最动人心魄的日落即将来临。太阳已经低低地悬在海平面上不远的位置，涂得水面如同针法缜密的织锦，嵌着一条静静曼延的金带。所有的人都面向着同一个方向，不出一声，仿佛一场朴素的祷告。十七岁的希尔森索性放下怀中抱着的班卓琴，他脚边写着“谢谢你的帮忙，我正在为去玻利维亚的旅行筹钱”的牌子已经被喷涂得要烧起来。他自从动了要去玻利维亚的心思之后，几乎每个星期都要在日落市集献唱。“但这日落就是看不厌，人人都想在这儿看天荒地老！”所以他用西班牙语唱的那些南美情歌，连欢快都能变得缠绵悱恻，情侣、游客，不少都买了他的专辑。“等到再回明迪海滩时，也许他们会问，那个叫希尔森的是不是还在这儿唱南美情歌，我就很满足了。”

一度曾经痴迷于寻找繁华的灵感，或者至少将灵感诠释得纷繁复杂，似乎这样就能与众不同。就像每个人的虚荣，走过的旅途是光华的谈资，极易将人拽入虚浮。为什么不看看阳光的色彩呢？为什么不听听潮汐的声音呢？如果我们能像达尔文的原住民艺术家一样平和，旅途会不会更好一些？

在明迪海滩，我曾注意到一位头发花白的原住民艺术家。摊位前人潮汹涌，嘈杂繁忙，他只让妻子周旋打点，自己窝在角落里，仔细地在为一只迪爵瑞都（澳大利亚原住民的传统乐器，用粗细不等的树干制成）绘上图案和颜色。绘制用的笔极细，偏偏色彩用得极其浓重，需要反复涂抹却不洇出界线。如此精致又烦琐的工序，绝对匆忙不来，也急躁不得。近半个小时的时间里，他只抬过一次头，是在叫他一旁的外孙，对他的习作低声指点一二。他用的应该是属于他们部族的语言，低沉的音调里仍能听出一点儿古老和悠远的味道。从遥远的“梦幻时代”，他们就是这样将自己的时间、故事和艺术一代一代相传下来，至今仍是如此。

我们未曾驾船东行的库克船长，可以想象他在初见原住民及目睹他们的艺术创作时的那种震撼，但我们却能在达尔文节的单元中，望见经历了动荡岁月之后的原住民依然有执着和强大的动力保持着他们自己的艺术生命力。20 世纪 60 年代，原住民保护法案正式颁布，原住民重新获得世代生存的土地，恢复昔日的尊严和荣耀。他们在自己的领地和家族中，依然保持着与现代社会安静对视的距离，仿佛彼此平行的两个世界。但他们的艺术，却以飞快的速度被纳入世界艺术的范畴，那些铺垫了百层线条和色彩的作品几乎让全世界的艺术评论家和收藏家为之疯狂。

我们在查尔斯·达尔文大学的“北部精选”区域，等待本届达尔文节中最具分量的“大家庭 2” ANKAAA 艺术家联盟的年度展览。这个横跨北领地、金伯利和阿汉姆等地域的艺术家联盟通过分散在各地的多达四十九个原住民艺术中心进行工作，他们协助原住民艺术家进行创作，并对其进行必要的市场和运营的协助。而在今年的达尔文节，除了例行大规模的原住民交易市场之外，ANKAAA 的首席执行官克里斯蒂娜·戴维森则带领着艺术家们回归简约，以勾勒和展现壁画花纹的形式，来完成对原住民艺术源流的总结和致敬。但连克里斯蒂娜自己都承认，这是一项困难无比的工作：“我们面对的不是一个统一的原住民社会，而是彼此独立的部落。每个部落都有自己的信仰、风俗，说着不同的语言，有独特的审美和创作习惯。我们必须尽力地去理解他们的想法，这是能够帮助他们进行运营的前提。”

虽然世界看似平坦，但对艺术共同的鉴赏力使得克里斯蒂娜和同事的努力产生了巨大的回响。每年达尔文节的原住民艺术市场，成为澳大利亚本土最为重要的原住民艺术交易平台。因为持续的关注和鼓励，许多在传承中被忽略的题材和表现手法被重新发掘并保存了下来。原住民之间更多的交流激发了更大的创作热情。女画家凯瑟琳并不多话，甚至懒于展现表情，她的脸庞如同浸染桐油的枯树，有种沉默的倔强。她的英语水平有限，只能间或蹦出单词，却认真地跟我解释她的创作。一次到以色列的旅行开始让她拿起画笔，部族祖先

出行的故事，被反复地描摹和讲述。达尔文海岸平静或者狂怒的海浪，是她钟爱的创作元素。她甚至用“这迷人的、不定的曲线”来讲述自己的梦境。但很明显，她依然严守着原住民创作的理念和手法，“我是个原住民艺术家，我的灵感只会来自我生活的这片土地，这是我的宿命！”不仅仅是凯瑟琳，几乎所有的原住民艺术家都只在反复歌咏这片土地，如同梦幻时代里他们虔诚的祭祀仪式般，如今，依然庄重和神圣！

安达曼海
隐秘的假期

安宁未必一定要在世界的边缘，或者避世的蛮荒。丰盈的旅行其实如同人心，心安即静。在泰南的日子岁月悠长，连浪花起伏都是缓缓的。可以坐在斑驳的长尾船上荡悠悠，匆匆从不是旅行的唯一法则，它甚至不是世间的唯一法则。

甲米

我们踩上了雨季的尾巴。向导说这个星期已经雨量渐少，盘亘的时间也缩短不少。日光开始透亮，切割出云朵清晰的边线界限，也逼迫着混沌了几个月的海与天回到一片澄明。远方的岛屿，早已被洗刷得如同粒粒墨玉制成的棋子,随意洒落在前方的海域,与我们擦身而过。

我们已经在海上行驶了一个多小时，直到西落的太阳将面前的海水染成一条燃烧起来的光带，在岛丛之间转了几个弯。先见到几株深入海中的棕榈老树，“大岛”的轮廓才如一头熟睡的巨鲸浮现在眼前。黄昏已淡，不断有渔船从身边擦着浪花驶入渔港。潮汐落下，需要攀一段木质的窄梯才能攀上高处的码头廊桥。上面挤着等待父亲归家的孩子，他们只是短暂地打量了我们一会儿，就在父亲的召唤下向着掩映在暮色中的村落跑去，还能隐约看见或浓或淡、未有散尽的炊烟。

早前订好的大岛村酒店深藏于“大岛”的中央，一段狭窄的公路，摇摇晃晃的双排车，还有间或几声犬吠，就可以看到密林之中的入口，格局松软亲切得如同这座岛屿上散落的其他村落一样，几条曲折的小径拴着山势延展开去，自然生长的血脉一般，勾勒出细小精致的区域。酒店建造之初，设计师借着对原生态村落的迷恋，心思巧动，将独栋的客房打造得敞阔，如同居住于私人宅院。宅院之间有村落邻里的亲昵，又保持着舒适的距离。入夜时分，门廊上燃起的灯火，刚刚好能将连接两栋小屋间的路径扫亮。而放眼外望，灯火顺着匍匐的山势，逐渐连成一片温暖和静谧的颜色。

你还记得甲米城区的游客蜂拥吗？那都好像在千里之遥了。密林中央营造近乎乌托邦式样的酒店宛如密室， 数百年森林生长，年年往复，遮住了视线，也屏蔽了心绪嘈杂，繁华诱惑。这里在建造之初就似乎没有为旅行风潮、时尚走向耗费心神，一心留恋不理会时光，自有节奏的泰南乡村。建造过程中大量使用的木材均取自当地，有雨林中独有的暗褐颜色和低沉氤氲的木香。屋顶额外铺了一层厚重的稻草，垂垂落落低至屋檐，既阻挡潮湿，又能调节房中的小气候。现代流行的色彩和建筑用材被刻意缩减，连铺在床边的踏毯，也选了当地手工编制的双层叠覆的草席。只有浴室特别，大片的水门汀颜色，再无更多装饰。许是天气温和，浴室少见地移到了户外，头顶便是密林葱茏，一阵风吹过，就有簌簌的微响笼罩下来。

当夜就是一场急雨。一路从临近私人海滩的餐厅撑伞而回，周遭都是细密缠绵的雨声，先前那股淡淡的草木香气，经过雨水冲刷，也变得馥郁浓烈起来。不必进房间，只是脱了鞋子，在房门前的亭廊中小坐。当年的设计师看来是要把客人多多留在室外的，将传统民居中狭窄的廊檐扩大成几乎与客房面积相同的空间，置上软榻、木桌、躺椅，连微观吧也从室内移出。夜晚一丛幔帐、一捧灯光、一床薄毯、几页书，也许再来一杯。无论日夜，就该这样消磨过去。客房里配备了电视，但是，谁还会想打开它呢？

安静和自然是酒店珍视的骄傲。为此酒店几乎拒绝所有的团客，三十个人的小型婚礼也许是极限，他们可以在酒店的那片私人海滩上重新摆放白色的桌椅，远远地簇拥在微小的海浪边缘，中间空余出大片的沙滩，毫无矫饰地横卧在面前。从稍高一点儿的无边泳池望下去，几乎不觉得是在泰南的袖珍小岛，反而是在人迹之外，亘古蛮荒之下遥远极地才有的一种深沉之魅。这种魅力不需言说，反而是在默默对视之中有绵绵不绝的情谊存在。工作人员大多来自当地，没有城镇或者市集上的急切做派，是在这种平静之中历练惯了的，走路行事都是温温婉婉、从容细致。在海边餐厅工作的里欧，每晚要为几十位客人制作海鲜烧烤大餐，他也会挤出时间，将自己的衣角整理爽利，连厨师帽上的褶皱，都被精心打理过。那些一直在沙滩的边缘上穿梭忙碌、为了婚礼忙碌的几个人，也是脚步沉稳，仿佛已在一场绵长郑重的仪式之中，有平缓和坚实的美感。

在甲米的大部分时间，我都在寻找这样的从容静谧之地。虽然中国游客依然不多，但欧美的客人每年都会将澳南与莱利海滩挤得水泄不通。庆幸的是，凭借着旖旎委婉的海滩和星罗棋布的岛屿，甲米人总有办法在繁华喧嚣的边上，哪怕是微小的角落里，创造出避世的空间。在莱利海滩吃过午饭，到满是比基尼美女的步行街上接连喝了两三杯鸡尾酒，两年前遇到的、来自挪威的那位自己制作牛皮饰品的女店主还在。旺季将来，她正在筹谋怎样从照顾店铺中再挤出点儿时间来，好设计点新的款式。当然，一时寻不到灵感也是常有的事。为了躲避汹涌聒噪的人潮，她往往和丈夫沿着海滩，往步行街相反的方向走，一直走到悬崖下浓密的树丛那里，绕过一条隐藏的小径，在瑞阿瓦迪酒店订下一间别墅，便视一切喧嚣不见，可以集中精力顾着自己。这座属于立鼎世 酒店集团的独立酒店天然将避世作为自己最重要的基调，果断地放弃莱利沙滩最细腻温柔的那一段，选址在海滩的尽头。那些生长了几十年的棕榈树丝毫未动，树影婆娑地将整座酒店遮盖得严严实实。连刻意拓展的泳池都本能地与海滩保持着距离，隔着灌木葱茏，一边是在沙滩上寻一个晒太阳的好地方也难，一边则是人影寥寥，偌大的泳池偶尔有一两声孩子开心的尖叫声。大部分的时间，海风掠过丛林边缘的沙沙声才是笼罩着这里的主音调。

中午时分，又是雨，淅淅沥沥的，雨季末期才有的小缠绵。海滩上人少了些，在花园里独自转转却再合适不过。当年的设计师胸中有丘壑，花园的小径皆是闪挪躲藏，十步不到便又回环隐没于树丛当中。酒店没有集成式的客房，只保留了独栋的度假别墅，高度是有节制的，站在二楼的窗前手刚好能勾住低垂下来的枝叶。只要十几步之遥，便只能模糊地看到露出的一小段屋檐，即使没有独立院落，也是静谧和低调非常。背后直立于海的连串山峰几乎是拔地而起，除了海滩的角落里，来自世界各地的攀岩爱好者会不知疲倦地挑战新的攀岩线路之外，几乎无路可走。这反倒给酒店提供了安宁的庇护。唯一热闹的，可能是整日游荡在甲米国家森林公园的猴群。它们颇像这里真正的主人，可能随时会出现在餐厅的边缘，别墅的阳台，抑或是沙滩上奇形怪状的溶洞里，觅食玩耍，即使游人围拢在四周拍照，也丝毫不以为意。背后的山峰对它们来说如履平地。人们需要坐着游艇，才能转到一山之隔的中央格兰德岛，前往顺着山坡向上曼延，几乎挂在半山腰的别

墅里。除非是电话叫来服务生，否则即使在价格昂贵的旺季，在这里居住也是少见人影。不过开着电瓶车前来送餐的服务生们都是动作急促，临走时还不忘叮嘱：离开时一定要将房门锁好，以防那些攀着山峰边缘就能轻松到来的猴儿们闯进来搜罗食物。

攀牙

夜车行驶了几个小时，才进入攀牙。我只能从偶尔聚集在一起，在水汽蒸腾的车窗上耀眼而过的光芒上数着经过了多少个村镇。直到车子驶入考拉克海滩，随着道路在小镇中一点点地曼延和细窄下去，从匍匐在海岸边上的酒店或者餐厅漏出的光线中，才依稀有了一点儿似曾相识的旅行地的气息，包括一阵一阵翻涌而来的海浪声和服务生带领你穿过酒店的小巷进入房间时那种标志性的轻声细语。

恍惚之间，会突然觉得攀牙像很多地方。那片串联起来看不到尽头的沙滩，有着与华欣类似的温柔曲线。那些光华柔亮、熨帖温情的餐厅，也多是挤在海滩一侧，希望能够分得海天风色的一点儿华光。那些不断翻涌、声响巨大的海浪没有峡湾的阻拦，如同潮涌般直扑海滩，壮阔的回声让人想起曾经在普吉岛西海岸度过的黄昏，夕阳照在抖动的风旗之上，不适合下海游泳的日子，坐在沙滩的酒廊上看着金色的光线将天地喷涂成一色，也是一样的天地大美。就是那些远离海岸、深藏在丘陵之间的丛林，也让人记起清迈城外，那些在生活当中生长起来的营生，拾掇得精致些便是情谊浓厚，让人不绝留恋。

可攀牙的崛起，总有自己的不同。虽说同在安达曼海，风色秉性如出一脉，但长久以来，攀牙始终声名低伏，顾着临海的营生，并无多少争取旅游胜地风光的打算。没有商业的欲望在背后摧枯拉朽地毁灭与再造，这里的格局反而自由自在、不受拘束。它是松散的、原初的、照顾着生活的、不矫饰华丽的，倒是能留存更多不为旅游而生的生活哲学来。这也恰恰暗合了那些旅行长久、心思深沉的游客的好奇心。他们往往飞到普吉，却可以不理岛上繁华，直接在机场租了车，开上一个半小时到攀牙寻找别样的假期。也正是随着近几年的这股风潮，海岸上才渐渐涌出了多家酒店，无论风格如何，一律是新鲜的颜色。

入住的卡萨德拉弗罗兰酒店便诞生于那次酒店蜂拥的时期。按照主人最初的想法，这片当年的荒滩是自己建造海滨私宅的理想之地。只是转瞬之间想法就改变了。“这里的风光太好，好到忍不住要与人分享。”他想延续自己在考拉克海滩另一端创立的拉弗罗兰酒店的主题，但又要做出能与时光相抗，于美景中天荒地老的“全新酒店”。来自曼谷建筑事务所的 VasuVirajsilp，园艺设计师 PokKoblkongsanti，家居设计师 Anon Pairot 以及环境设计师 Vichada Sitakalin 等来自泰国的设计师聚集在一起。主人给了他们充足的空间去重新解构他一直迷恋的主题——“花”。

结果出人意料，几位钟爱当代艺术风格的设计师几乎颠覆了当地甚至泰国传统美学中对花的演绎。取代繁复温柔曲线的，是对空间的爽利切割和简约分配。正方形的运用并不经济，但却可以化繁为简，不与周遭抢夺焦点。VasuVirajsilp 几乎改变了整个原有的地势与格局。大堂被高高抬起，需要拾级而上，将居停的空间与嘈杂的马路完全隔绝。通过玻璃门进入花园之后，地势再逐渐降低，接近原初的沙滩。三十六栋别墅，皆是大窗望海，匍匐而去。即使是位于后排的房间，也被耗费巨资做成复式，务求视野不被遮挡。最低处设置了观海听涛的国际餐厅，如无风雨，帘子与帐幔总是被高高束着，海风通透四处，雨季过后即使一丝海风都会带来多一些的甜美气息。Sompong会在阳光越过大堂的时候在这里享用早餐，他喜欢跟那些“姗姗来迟”的客人简单地打招呼。一旁的草坪是晨练的人天然的瑜伽毯，而在晴朗的晚上，Sompong 喜欢邀请客人在点满烛光的长桌旁享用海鲜烧烤晚宴。

于我而言，遗世独立的客房与户外的一涟艳光同样具有吸引力。设计师团队并不打算以厚重的混凝土墙来分隔室内与自然的联系。独立的院落收拢在如寻常人家的宅门之后，不寻敞阔的奢豪气派，反而钟情于在小巧空间中情致的营造。几层木阶上去，便有几丛玫瑰，从篱笆墙底端隐藏的花盆中探出来，上面挂着昨夜新鲜的雨滴，有雨季过后的恣意张扬。七十二间客房，被七十二种不同的花色解语，关联墙上的淡粉水彩画，还有床头颇具本地风情的陈设。若一心追了前卫去，也许就不接了地气。如何能像当地人一样去看和融入这片天地，一直是设计师需要解决的首要感官问题。因此外观越是清冷爽利，内部就越要温存绵延。如洗刷过后的淡木色只需些许灯光便能散出一点儿暖和倦来。房间也是通透的，接连两面的墙体被整块的落地窗取代，心思颇为大胆，但却能兜住足够的光线，一直拂过房中央的床面，探入房间深处浅灰色大理石围砌起来的方形浴缸中。一路淡色翩跹，不惹眼，但有含蓄的情趣。如这样晴好的天气，就在私密泳池一旁的躺椅上懒懒地读几页书，海浪声仿佛是从遥远的天边滚过来，不急不缓的，是极好的催眠曲。

普吉

若是有心寻找一个避世安宁的度假胜地，依照惯常的印象，普吉并不在首选的名单上。过去几年往来几次，感觉这座岛满得都要溢出来了。巨无霸式的酒店，沙丁鱼群般拥挤的市集和全世界蜂拥而至的游客，意味着永远抢不到好房间，堵塞的交通，拥挤的沙滩和聒噪的大堂。盛名之下的普吉，是雍容的贵妇，需要不断歌舞，如同置身流光溢彩的社交舞会，乐声不断。

熟识的人只带我们去新的海湾，沿着海岸，直穿过喧嚣的芭东海滩，就沿着被夕阳涂成金黄色的滩边公路向山丘的间隙之中开去。几个弯之后，喧嚣就像是另一个世界，我也开始分辨不出方向。

眼前挤成一片的茂密雨林让人仿佛重回三十年前的普吉。庞大的岛屿刚刚开始切身体验又一轮强烈地发展旅游产业的冲动。一栋栋的酒店，正寻着雨林和山丘的缝隙生长起来。车子在半山一片敞阔的空地上停住。Naka 刚刚建好的水门汀色大堂如同巨大的屏风，遮住后面的小海湾。很静，偶尔回旋在峡湾的风声比远方的海浪还要响一些。

我几乎以为，这是普吉岛最后一个安静的海湾。

酒店刚刚试营业，在几乎漫到山顶的边际，几栋最新的客房依然在修建中。但被夕阳照得透亮的山脚餐厅中，已经有嗅觉灵敏的客人在享用下午茶，看着远方的夕阳一点儿一点儿落到海湾中央。由于与攀牙的卡萨德拉弗罗兰酒店是同一个设计团队，正方形的框架再次出现，但不同的是，起伏的山势似乎解放了布局的灵感，不仅大堂被抬至半山腰，既不遮住海湾的风色，也维系着海湾的宁静。客房的布局也完全顺依着山势，层级次第而上，彼此密密地连接成片。设计师返璞归真，水门汀标志性的淡青颜色成为波澜不惊、风轻云淡的主色调，眷顾着山峦的色调，也考虑到日光月夜周行变幻，照顾着心情平缓、自成雍容。最妙的是，层叠的客房到了高处，竟然依靠着山势回环，悬空探了出去，正面向日落的方向。站在阳台上，光线如同手掌，将整个人托在空中，俯视整个海湾。人会突然沉静下去，沉到不受干扰的低处去，平静得像窝在海湾一角的、平铺开来的泳池，避开了风口，水面连丁点儿褶皱都不起，整齐得如同一块翠玉，有平和的光晕。

Naka若是小巧安静中夺了一片秀色，丽晶酒店则是在惯常的普吉风格中寻找更加大气和雍容的格局。同样是独占一个海湾，丽晶有更为广阔的空间去展示对普吉新美学的理解。这是一片终日阳光旺盛的角落。雨季之后的阳光仿佛被洗刷过，有直爽张扬的颜色和热力。在正午的时候，它极其轻易地就将悬于大堂之后的无边泳池跟远方刚刚有丽晶邮轮驶过的那片海涂抹成同样明艳的蓝宝石色，那片蓝色简直是顺着几道旖旎的曲线把整个海湾围拥在怀中，让那些在浓密的棕榈林中露出的红色屋檐和乳白墙壁有点儿娇艳的性感，就像在早餐时端上的新鲜红柚。

客房被推得很远，几条小径向下曼延开去，只有深入到棕榈林的密处，才能看到掩映其中的房门。我喜欢花费大把的时间，坐在阳台的藤椅上，透过枝叶的缝隙去看海。阳台大小得宜，如同森林里仔细呵护、捧在手心里的花朵一般，始终在一片清凉之下。酒店特意选择了原色的竹帘，散散地拦着光线，即使正午，阳光被修饰得如同仍在清晨。偶尔听见鸟鸣，也像是从遥远的角落传来。浴缸像躲猫猫一样藏在了电视的背后，却可以贴近一整块巨型落地窗，可以贪恋景色，也可以放下珠帘，点起香薰，简约的线条勾勒简约的心绪。只有时间嘀嗒而过，人可以这样静静沉睡，直到天光渐老，万籁俱寂。喧嚣岛屿中的宁静，应该更难得。

赫尔辛基
以设计的名义生活

我喜欢在旅途中看到的、那些似乎是被命运安排、注定遇见的设计，如同遇见随遇而安、不纠结聚散的旅人。他们的出现，如同清醒的针，能够戳破层层的迷雾，直接披露一座城池的禀赋。

尽管时间不过下午三点，天已经黑浓得像打翻了的墨汁，工作日里的街区有些冷清，但赫尔辛基设计博物馆门前，依然有人在排队等待入场。队伍中多是邻近的赫尔辛基大学的学生，手里拿着“设计街区”最新版地图的游客也不在少数。入口处，塞琳娜正在耐心地为一对日本夫妇分发最新一季的展览资料。自赫尔辛基获得“2012 世界设计之都”之后，来自国外的访客便日益增多。即使是名不见经传的寻常展览，吸引来的访客也络绎不绝，操着各种语言和口音，抱着永不衰绝的好奇心。

到访的日子，是新一季展览的最后一天。SannaSaastamoinen - Barrois 等数十位设计师的作品将展览馆的二楼占得满满当当。每个设计师细碎的小主体组合成了对空间和状态关注的宏大议题。时装是有的，但只占据走廊尽头的两个小展厅。来自“无家可归”的灵感既不像巴黎那般甜美梦幻，也不像伦敦时装周那般朋克或者学院风，从生活的片断中随处截取的灵感朴实亲切，始终没有高高在上的姿态。

自 20 世纪 50 年代，为设计而设计，或者为时尚而时尚的理念

就被芬兰设计界抛到了脑后。在那个时期崭露头角的著名设计师阿尔瓦·阿尔托被誉为现代建筑的奠基人，他一系列的作品深刻影响了芬兰设计界，并且将“实用主义”提升到了纲领性的地位。此后的设计师们，不约而同地延续了实用主义理念和风格。1939年由他设计的名噪一时的私人公寓项目玛丽亚别墅以模型拆解的方式陈列于展览之中，与后辈设计师的作品相比，既不显陈旧，其彰显的简约理念仍然具有强大的前瞻性。

常说设计界是大浪淘沙，口味转变极快，到这里通通失了灵。时光的流逝并没有影响品位的永恒。每过一季，博物馆便会邀约功成名就的设计师们展示新作品，同时留出一定的席位展示芬兰年轻设计师的非凡创意。塞琳娜眨眨眼睛：“对于游客来说，设计博物馆是他们在设计街区的第一站，而对于众多对设计有抱负的年轻人来说，敲开了这里的大门，就等于正式迈入了芬兰设计圈。”

我随着那些认真的游客走出博物馆，他们迅即沿着如毛细血管一样的街道四散开去。环顾四围，时间仿佛瞬间倒转着卷回去了。这片老城，任何一栋建筑的年龄都不会低于两百年，现代的城市已经不这样来安排自己的街道。绽裂的石板在平缓的坡度上颠簸往复。大部分是安宁的住家，只有偶尔在街角的空间，被出租给决心在设计街区落户的青年设计师。时不时会有装修公司的车子载着形状怪异的家具在面前飞驰而过。也许在几天之后，你就会在最新版的设计街区地图上看到一个新鲜店铺的标识和介绍。新店铺的门前，也有一个大大的黑底白字的“设计街区”的标识。

得到这个标识并不是轻而易举的事情。设计师必须向“设计论坛”提交申请，展示已成系列的设计作品，并且需要说服“设计论坛”的评审相信自己和自己的产品有持续和稳定的商业价值和盈利能力。在经过专家的论证和会商之后，才会正式决定是否给予“设计街区”的认证。直到去年年底，获得认证的商铺已经接近200家。认证的种类，也从设计师品牌店，延展到了买手店、高端餐厅、咖啡厅和精品酒店。“设计论坛”尽力地让自己变得越加包容，几乎涵盖生活的各个方面。

即使手里拿着的“设计街区”官方地图已经详尽到几乎烦琐，但要顺着指示找到一家店铺还真不是一件容易的事。我也曾试图在有关设计街区的文献中搜寻藏在背后的官方运作的那只手，却发现，街区的形成从一开始就处于自由生长的状态，即使后期成立的“设计论坛”组织，也并未对街区的发展做出硬性的规范和限制，而只是从旁提供协助。

因此，在以设计博物馆为中心的设计街区，零零散散地蔓延了赫尔辛基的四个行政街区。各个商铺永远是分布得零零散散，彼此不凑热闹，更没有像国内的创意园区似的，总要强拗出一个类别来。因此对许多设计师来说，他们不仅在这儿工作，还在这儿生活。所以经常发生的事情是，明明是在营业时间，门却是锁着的，客人们在门口跺着脚等了半晌，才看到老板一脸幸福地从临近一条街上的咖啡馆里走出来，手上还端着喝残了的热咖啡。他只不过是偷了点儿闲，和隔壁的老板聊得投机，有点儿忘了时间。但听他感情细腻、独特地介绍和推荐他的作品时，往往就会觉得多等那么一会儿也实在不算什么。当然，在这里最好的购物习惯是看中了什么就当即买下。因为绝无复制品，有些甚至只有一件，一个犹豫，就有可能被一旁盯了很久的客人先买走。老板顶多只能无奈地耸耸肩，但几乎从来不会再制作一个复制品。

我从未试图逛遍所有的店铺。有人曾经粗略统计过，如果逛遍整个设计街区，大约需要三天的时间。时间紧迫又做过功课的人，往往在出了设计博物馆之后就直奔“设计论坛”所在的精品展厅之中。对于缺乏运营经验，资金又捉襟见肘的青年设计师来说，这也许是更为稳妥地展现和售卖自己产品的方式。每位设计师都可以有大约 5~10 平方米的空间，根据自己的创意来搭建展示柜台。主题则不受约束，驯鹿皮制品、木雕、服饰，甚至小到别针和纽扣，都有预测不到的奇思妙想。有些流连于此的游客最终决定在一旁的咖啡角落里占一张桌子，点上一杯暖暖的咖啡，喝几口，聊几句，回头再逛一圈，淘一些东西，样样都是要收藏的心头好，自然是惬意的。

450
NKI
FORS

轻井泽
森林小镇的喃喃低语

我急需这次去轻井泽的旅行。我急于逃离一些情绪，这些情绪沉积在生活的各处，造成持续的梦魇。那段时间里，任何的都市都能惹起一阵烦扰。轻井泽就像是守在远方的清道夫，以古朴缓慢的方式，清理每个旅人从世界各地带来的纷扰心绪。

我在阳台上间或传来的一两声鸟鸣中醒来。越是深沉的山谷，鸟儿似乎醒来得越早。天边还只是微微洇出了些光亮，隔着分不出边际的淡淡雾霭，懒洋洋地洒过来。

昨夜应该是下了整夜的急雨吧，我还依稀记得半夜起身，站在窗边看急雨中星星点点摇曳的灯火。雨间或停了几次，但总是在屋顶的积水沿着廊柱流下的窸窣声还未断时就兜头而来，像丰收的豆子，泼洒在高高的木质屋顶上，响亮的沙沙声，一个屋顶连着一个屋顶，在山谷里混成一片。再睡去时，昨日东京的奔忙已经忘记了多半，我好像从未经过喧嚣繁忙、冷暖失衡的东京，而是直接空降到了轻井泽，行李交给服务生，低头跟着他走过木桥，紧接着就晃晃悠悠，一夜沉梦！

凌晨五点三十分，光线还是弱弱的，换上酒店备好的棉布衣裳，洗过几水的薰衣草颜色，软软地搭着，刚刚好抵过凉意。推门觉得雨意还重，转身取了门角的大伞来，撑开便整个人都被笼罩在了下面。

偶尔与几个路人擦肩而过，每个人如同顶着漂浮的孤岛。我们大多都沿着青石板路，不时越过溪水，集中到冥想温泉前的露台。当第一缕阳光从远处的山峰上射下来的时候，那团山谷里微蓝色的雾霭就是从这里开始渐渐向溪水深处和木屋的边沿消退而去的，仿佛微皱的美人尖，极美!

虹夕诺雅的员工已经开始忙碌，他们开始陆续地在如血脉一样的小径上行走，背后的黑木箱子里是客人预定的早餐。轻井泽几乎不见明显的淡季，就在我抵达轻井泽的前后几天，晚春时节最初的人潮恰好到来。虹夕诺雅所在的浅间山离市区约有二十五分钟车程，这几天也迅速地热闹起来。匍匐在山谷里的七十七间独门别户的客房会在黄昏临近的时候齐齐亮起灯火，如同簇拥在一起的温暖星空。菊池经常在客人抵达酒店之初，就向他们建议，在黄昏时分一定要登上高台，观赏灯火次第亮起。这简直像是一场无意识的、和缓的行为艺术，让我想起身着锦服的艺伎依照古老的规则跳出的舞步，与现代的生活疏离，但有隆重的仪式感。

这是颇为东方的居停哲学的某一表象。“如果日本能够更加坚持自己的传统呢？”掌舵人星野佳路先生当年的思考成了酒店构思以及建造时最具实验性的基调。山谷和缓的地势让独门别户的房间少了些旧街区的拥挤和防备，反而多了些山水错落的亲近。阳台扩展得如同摊开的手掌。坐在宽敞的沙发上，无论是小酌几杯，还是静静翻几页书，山林的气息都是那么近，近到几乎混入每一口呼吸中。客房布置得爽利而节制，原木色在灯火之下显现出久违的温暖之感。挑高的屋顶本意是顺应着轻井泽气候的禀赋，营造出冬暖夏凉的室内小气候，从而拒绝空调以达到保护环境的目的。在视觉上倒是不经意间通透豁达，

扩展的木窗几乎囊括天地如盆景。音响取代了电视，随身带来的五轮真弓专辑恰好应了景，心绪清清浅浅，气息也绵绵。一遇鼓点密集，就忙不迭地快进过去。节奏仿佛是猛地被扯住一样，接着就悠悠荡荡起来。

放弃之前做的攻略，日子在这里本该过得逍遥。这调子自从 1886 年亚历山大・克劳福德肖在这个酷似苏格兰的地方建造第一栋西式别墅开始，避暑度假的调子就像深秋层层落下的枫叶，攒到如今。慵懒的人半倚在酒店图书馆的软榻上，翻几页书消磨时光。我则喜欢换上房间里为客人准备的宽适的棉布衣，沿着汤川河岸，一路在星野丘陵的间隙中穿行。建筑本身并没有丝毫改变山势的意图，所以需要在汤川的两岸来回穿梭。蜿蜒的青石板路经过专门提供健体课程的茶室。传统的木屋依然保留了一垂到地的和式门窗，上课时全部打开，如同悬于溪边绿地之上的盆景。一小时的课程，老师反复强调不要纠缠于瑜伽还是拉伸操的概念，应该在乎的是如何唤醒身体与自然沟通的本能，让五官重新灵敏起来是第一要义。这样，行走时即使偶有飞鼠轻声滑过，也不至于错过。

几乎是要枕在山水里了，这里所有的建筑和路途都是。思想家内村鉴三一直提倡的“只有在大自然中才是真正祈祷的地方”在他身后的纪念堂中完美呈现。师承于建筑巨匠弗兰克・劳埃德・赖特的肯德里克・凯洛格恐怕从未想到，他当年本着自然主义设计建造的内村鉴三纪念堂，成了一时难求的婚礼圣地，“石之教堂”的名声要更响亮些。当年大胆前卫地以石头和玻璃配搭的格局，被重新赋予了性别的隐喻。刻意弯曲拱起的穹顶刚刚擦过周遭的树梢，并未挑战自然的天际线，但透下的光线依然足够造成巨大的透视奇观。数年过去，实验感和话

题性依然强烈。与之对望的高原教堂，更加隐匿低调，雨中望过去，只是一座岁月安好的木屋，当年“星野游学堂”几个字，依然挂于门前。整座建筑平和安逸，甚至连窗户都用得节制。及待到了里面，才觉得光华顺着唯一的三角窗户绽放满眼。教堂里人影稀疏，只有新人在为即将举行的仪式彩排。沿着一边的通道走上前去，准新娘只是笑笑，便又收敛神情，默立于前。那道倾泻而下的光，刚刚好全笼罩在她的身上，画面绝美，不可方物。旁边的工作人员并未上前催促行程，只是屏住了气息，静静旁观。“为什么那么急呢？节奏一慢，才有雍容啊。”

森林的另一端，草间弥生的大型巡展正在轻井泽老镇的现代美术馆展出。艳绝张狂的老太太在这里也似乎变得云淡风轻起来。件件作品都被重新整理得小小巧巧，俯身于美术馆十几年不变的乳白色基调之中，变得平和温顺，如同贵妇衣领、袖口镶嵌的钻石，有克制和内敛的光芒。美术馆对这位时尚大师的敬意，也只是将门前的几根廊柱贴满了暖橙色的波点，不动声色的致意，执着而温暖，却也维护着自己的禀赋和节奏，任谁都不可更改。

我并不急着翻阅摆在面前的菜单。天色还早，窗外还能瞥见在汤川中撒欢的野鸭并没有归巢之意。嘉助餐厅里只有一对情侣，选了靠窗的位子坐着，两杯薄荷水，有一搭没一搭地聊着。这餐厅设计奇巧，窗外原是梯田，这餐厅的格局也就顺势做得一层叠上一层，服务生行走其间，恍然间也有农耕时代劳作时的肃穆感。开放式的厨房移于一侧，至多两个厨师，各站一角整理食材。动作轻巧，有条不紊，却分毫不见差池。细如食指的鱼，串于细丝上烘烤，连弯曲的角度都要一致无二。凭着这股神气，餐厅主打的怀石料理声名显赫。样样菜式小巧，一口即满，单看摆盘的繁复与格局，道道都是针尖上绣花的心思。笼在一处，满目琳琅。偏偏餐具用得也巧，或是香草编的承碟，或是状如扁舟的浅陶，甚至一片新鲜的荷叶，摘来洗净都能盛一捧新切好的生鱼片。据说餐厅初开张时心思灵动，没有办法找到贴切餐厅气质的餐具，索性花费重金定制了不足百套。数量有限，酒店也是私藏。问过几次，均是求购不得，心里还失落得很。

回到食材，轻井泽万事随和，唯独味蕾要求严苛，而且不得妥协。气候温好，环境又被呵护得极好，当地所产的食蔬自有一股傲人的清甜。连料理的时候，都要小心翼翼，不破坏食材本来的风味。星野Yukawatan法餐厅的料理长浜田统之曾经在被誉为法餐奥林匹克的“博古斯全球料理”大赛中斩获季军，比赛中严选自古信州的配菜和调味品牢牢地锁住了日本独有的原香而大获好评。如今，浜田统之依然保持着每个星期亲自到访供应商的田地中亲自挑选食材的习惯，他对“全日本”食材的眷顾也越加强烈。古信州的食材，让他可以在忠于法式烹饪技法的同时，将古日本的风味，如引流一般注入每道菜当中。料理长的规则细密到近乎偏执，不仅桌椅的摆放有严格的限定，特别设置的灯照也正正打在每个人面前的区域，刚好能照亮餐具最大的那道菜。餐具自然也是定制，陶艺师根据料理长的要求反复打造几次直至满意后，方才交货。偏偏那餐具的讲究出乎意料，烹制食材的同时，不同的餐具也在烘温的过程当中，直至吃尽最后一口，餐盘也是温温的，不见凉。

尽可以放开时间了。佐上一杯严选的红酒，不几口就醉了。朋友们不顾夜深，约着再去冥想温泉。我倒没有什么明确的打算。节奏一缓，整个人都交给轻井泽了，不愿醒。

草間彌生展
KaNAM

澳门
离岛寻一颗悲喜心

做个谦卑的旅人，即使反复路过，深爱过，也不敢说有多懂一座城。每座城都是庞大、精致、循环往复又不断生长的空间，承载悲喜，呵护情怀。

一位衣着华丽，头戴着几把折扇的威尼斯假面将我从聚集在威尼斯人酒店前门广场和廊桥上的人群中拉了出来，她身上那套华贵的紫罗兰色伞裙上的描金花纹就像几个站在贡多拉船上要着火棒的艺人在运河中映出的道道波痕。十几个孩子正围着站在桥头静止的“雕塑”面前，努力地分辨那只是个泥胎，还是个本领超凡的艺术大师，会趁你不备悄悄变换姿势，或者吓你一跳。同行的朋友已经在钟楼的角落，开始绘制自己的面具。我则惦念着河边那个临时搭建起来的工坊，年轻的匠人夫妇正在努力地适应着挂在左耳上的耳麦，将近百人坐在面前，看着他们如何在身后的熔炉里把里料烧到通红，再隔着厚帆布塑出繁复的威尼斯形状和花纹。

这是威尼斯人酒店 2013 年“威尼斯人嘉年华”的片断之一。从 4 月 25 日开始的每个夜晚，威尼斯人酒店的前地广场就会变成派对场所。即使仲春到初夏的澳门阴雨不断，头顶被城市灯火映得一片古铜色的密云从未散去过，依然不妨碍每个整点，前地巨大的影壁也被征用为舞台，借助 3D 投影技术，千百个威尼斯面具献上神秘的多声部歌咏。

而人们不愿过早散去的原因，是他们始终在等待身材壮硕的男女高音，一个站在钟楼，一个站在前厅，将意大利歌剧中的爱恨情仇演个遍，直到《今夜无人入睡》的最后一个音符圆满滑出，才在一片喝彩和掌声中心满意足地散去。游客们呼朋唤友返入酒廊再享用一杯鸡尾酒，澳门人则各自返家，一夜好梦！

我们最好重新审视这片距离澳门国际机场只有十五分钟的行程区域。在 2009 年，我从氹仔村的高处望过来，这里还只不过是刚刚清理过的一片空地，竖起的几台巨型吊车在不停地忙碌。不过五年的时间，这里不仅成了澳门半岛之外规模最大的高端酒店群，更是整个澳门开始转型的缩影。同样是寸土寸金的城市，澳门却选择了与香港截然不同的酒店空间解构方式。客房的空间敞阔不说，公共空间更是出人意表的宏大和包罗万象。安德森先生当年那番"我有一个梦想"的演说，也不是单单造起旗舰型酒店那么简单。它应该是丰富的、富有连贯性的，同时可以持续吸纳和包容旅行中可能发生的各种形态。最重要的，它必须具备拉斯维加斯的基因，让城市成为秀场。巨大的公共空间无论特制如专业剧场，还是跨界的创意挪用，澳门在尝试着用几乎不停歇的主题秀来吸引和抓住眼球。澳门正走入"秀场"时代。

美食、购物、秀场……这些多年来被掩盖于光芒背后、被当作澳门旅行附赠享受的领域被重新纳入视野，演绎得更加纷繁夸张。朋友宁愿在金沙城中心喜来登酒店一楼的"鲜"排长队，也要尝尝声名在外的海鲜火锅，黄文师傅掌理的"朝"，麦伟明主理的喜粤奉献的粤式新点，还有最新开张的皇雀印度餐厅都是吃货单子上让人食指大动的去处。我不得不提醒他留出相对完整的时间，在观赏完《水舞间》之后，还期待着去看创意大师弗兰克·德拉戈重新颠覆硬石摇滚酒店

二楼“娇比”酒吧空间，转型小剧场的最新之作《美国禁忌》，顺便点一杯声色俱佳的鸡尾酒。

大部分的游客已经试图在越来越多的选择中更加紧凑地分割和安排自己的行程。我其实并不同意这样太过紧凑的日程安排。澳门与香港不同，生活如同舞步翩跹，稍微加速就会失了韵味。澳门只占据短假期的时代，应该慢慢告别并且淡出了。当地人尤其喜欢在早晨十一点之前，大部分的游客都还在休息或者忙于早餐的时候，到附近的氹仔村，或者澳门半岛的老城里闲逛。汹涌如潮的游客并未改变澳门的任何骨血，它只是开始挪移场地，分配情感。懂得这里生活的，或者一心恋着旧时格局的人，自然会来，只是换了时间而已。

晚上八点，撑伞出门。二十分钟的步行，只过一条马路，就可以攀上望德圣母湾绿地的高处。即使巨大的酒店建筑群依然在寻找着一切的可能不断扩张。这片建筑群围绕着天然水泽的绿地却没有丝毫退让的迹象。2009 年，我第一次拜访澳门的时候，就曾经站在中国澳门土生葡人博物馆的门前，远远地向海滩眺望。声名显赫的度假区那时还只是吊车和起重机林立的工地。浓密的树林和长满睡莲的水面是天然的屏障，让嘈杂的施工显得细密遥远，并不打扰身后氹仔村一贯的平静生活。

安东尼奥先生也习惯站在同一个位置观看空荡的海滩和天际线被渐渐填满，然后沿着小教堂背后那条已经被踩得发亮的青石路返回自己的餐厅，打理当天所需的食材。“这也是一场华丽的表演，不是吗？”安东尼奥先生觉得那片土地上的巨变离自己很远。因为身后这片古村落的时光被以法律的形式凝固住了。这片当年葡萄牙人最早的聚居地，连建筑都被几度整修之后，再也不褪容颜。小巷的尺寸依然要依步丈量，不改半分。安东尼奥依然可以在早上十点的街道闻到新鲜的榴梿香，去村头那家莫义记老字号买一份榴梿雪糕，或者杨枝甘露。老板依然沿用算不上时髦的老式玻璃柜台，笑眯眯地从后面递出来一个透明碗——1980 年代的做派。

“为何不考虑换一个时髦新鲜的包装呢？”

“味道和包装，哪个更重要？”老板故意把脸一沉，转过头，不再理我了。

还是有些改变需要安东尼奥去适应的。比如他那家小餐厅不够用了。那家餐厅并不靠近大路，即使拿着确切地址，也必是要在街巷里转几圈才能找到。安东尼奥酒香不怕巷子深，资深的食客总有办法在晚上七八点钟循着灯光找来，把十张桌子围坐得满满的。2009 年，我就在这家小馆子的二楼吃过一顿饭，亲眼见识了空间的局促，十个人围着长桌坐定，侍应生连侧身都难以绕到餐桌的另一端。但安东尼奥爱这个地方，这是他获得米其林荣耀和《路易・威登旅行指南》推荐的地方。奖牌被他工工整整地挂在门口。这是模糊厨师与食客界限的空间，彼此的聊天很是贴心。越来越多的客人慕名而来，抢不到座位的抱怨声也越来越多，安东尼奥也颇为闹心。

新的餐厅就在三条胡同开外，位于氹仔村中央的一栋三层小楼。寻找新址的过程繁复异常，需要跟所有屋主逐家谈判，讨价还价。但他从未动过要将餐厅搬到氹仔村之外的任何地方的心思。安东尼奥归属于氹仔村血统，无论食材选择，料理手法，空间氛围，乃至交流方式，都似乎有自己独特的规则。澳门近几年越来越自发地开始寻找各个美食的本源。越来越多的葡国餐厅见缝插针也要在这里安家便可知为何。葡国美食天下走亲民路线，更适合老友相聚小酌，木偶葡国餐厅试图再次展现旧时葡国餐厅的风貌。安东尼奥新馆则一心要打造原汁原味的葡萄牙小馆。他挂上了画着精美餐盘和花瓶的水粉画，从葡萄牙的集市上购回独一无二的手工餐具。他在葡萄牙设立了酒庄，为自己的餐厅提供葡萄酒。侍应生会在席间为客人切烤肉，他也保持着工作间隙出来跟客人聊天的习惯。甚至还有年过半百的吉他手，席间会唱悲伤的葡萄牙情歌。“要经过岁月熬炼，嗓音才能沧桑得下来，衬得起这地方。”

其实若想躲开人群，再拥挤的都市也能找到放逐自己的方式。袖珍如澳门，也还有个路环可供远足，放下心事。旅行本如生活，再如何眷恋一人，有个角落，始终只是自己的。

我手上拿着雷给我画的路线图，在去路环的快线上昏昏欲睡。习惯了澳门可以用步行丈量的袖珍，去往路环小镇一个小时的旅程都显得极其漫长。但澳门人却钟爱路环如同钟爱珍宝一般。“有了路环，澳门人就可以在周末丢开汹涌的游人，依然享受田园般的悠闲生活。”

澳门再无第二个路环。这简直是一座浮在绿丛之上的小镇。沿着进入小镇的唯一一条公路走过去，就像一头扎进花丛，在雨水缠绵的季节，能熏出浓郁的青草味道。建筑至多二层，围绕着公路转出的街心公园铺出去，一座挨着一座，整洁的粉色错落，齐齐地拱出中间狭小的胡同。没有营生的，总有几盆精心养育的花儿摆在门口；有营生的，则先在两户对门之间，搭起临时的雨棚，再把装满新鲜水果、日常用品的箱子紧贴着墙角摆成一排，中间的空隙刚好够两人转身，空间计算得刚刚好。吴老太说这是老辈子传下来的规矩：“彬彬有礼，平分空间。在澳门针尖大小的地方，这是聪明的好办法！”

吴老太太老了，老到她都不怎么坐到自己的杂货店门前盯着货品。这种淅淅沥沥的雨天，她宁愿躲在柜台后面，闭着眼睛打瞌睡。她那台有了年头的、宝贝似的收音机整天响着，徐柳仙的《再见长亭柳》咿咿呀呀地唱着。街坊四邻只需打声招呼，自取放钱。只有像我这样操着普通话口音和外语的人，她才慢吞吞地走出来，招呼几句。那口粤语，字正腔圆，有几十年前老港澳的风韵。

她给我讲着每条街的家长里短，讲路环这几年身不由己、魂不守舍的变化。小教堂前面的那家海鲜摊子，盯着游客盯红了眼，味道已经大打折扣。倒是街心公园附近年轻人新开的几家，常喜 Café Cheri 是目前最年轻的店铺了。与忲仔村旁边的老店不同，这里刷成了一片鲜亮的海蓝色，羊腿排和海鲜炒饭下足了心思；而一旁的安德鲁花园咖啡则是甜品主打，早上十点半店铺一开，蛋挞的香味就溢得满街都是。连吴老太太都赞他家的手艺知根知底，扎实得很，每每都让孙子排队，也要买到几个蛋挞回来。“路环的口味纯正些，不用包罗万象，只要贴近本地口味，就是好的。”吴老太慨叹自己年纪大了，做饭的手艺有些退步了，儿子和儿媳妇也没学到自己半点儿烹饪上的精华。全家团圆的时候，她便总嚷着走过街口，去那家雅憩花园餐厅点上“桑拿醉虾”和“奶酪焗沙丁鱼”，狠狠地回忆一把那个年代正宗正味的澳门风味。

吴老太太直催我搭个车再往前走二十分钟的行程，不去看澳门人度假都去的黑色沙滩，也该去竹湾看看。这道浅浅的海湾被一丛极其浓密的森林兜头盖住。车开得快很容易就轻易地错过。不过也正因为如此，竹湾一直安静疏离，如同另一个天堂。十几年前，第一批富人在这里建起了望海而居的消夏别墅，依山的私人花园层叠而出。山间的老树，不动移栽的脑筋，全部一一围拢起来，反倒让花园多了几分类似于盆景的情趣。因为山的奇绝姿态，竹湾酒店可以设立一条神秘的山道，蜿蜒地穿过密林，不通往接待区，而是先通到天台，在那儿可以看到竹湾海滩完整的曲线。虽然比起黑色沙滩，这里还不算平坦敞阔，但胜在浪花温柔，即使刮风天气，浪也压得低低的。况且一旁的竹湾野地公园里，大型游泳池的修缮已经接近完工。竹湾酒店的客人倒不用凑这热闹。绕过餐厅，私密泳池就藏在森林的角落里，海浪声透过森林，只有低回的沙沙声，倒是间或的鸟鸣更加入耳。谁能想到，澳门还有这样一方天地，供人无所事事地静静遐想呢？

2.00

乌镇
醉在华年中

我喜欢念念不忘的地方，它们往往适合等念念不忘的人。

第一次看黄磊和刘若英的《似水年华》，离热播的日子已经很远。只是延宕了几年之后，学业和生活的压力暂时地化于无形，每天的日子阳光明澈，可以持续地独处和写作。我在思维暂时停滞的时候，连续几个晚上，看黄磊为自己过往情感所立的传记光影，将一段典型的乌镇情结第一次从模糊的记忆具象到了赤纯的向往。一直忘不了刘若英跳房子的那段清冷空旷的石街，仿佛那是个安静孤独的舞台，等着念念不忘的人。

到访的时间最终延迟得可怕。刘若英已经再访乌镇，做了西栅的代言人。黄磊的“似水年华”红酒坊也坐落在西栅深处几年有余，东栅的老药铺子依然沿用着百余年来的赭色药纸，西栅新开的茶坊已经放着法兰克·辛纳屈的老歌了。乌镇的变与不变，让人总是暗自生恼，没在盛放的华年里，像黄磊那样，在这座镇子上厮磨足够的时光。

还是要住到镇子里。东栅经历了一番修整，只留下了当地簇拥的民居，经营性的民居都只是围着镇子散落四周。西栅倒是反过来，不破民居的格局，沿河密密排出了百余栋民宿，多不过 10 余间客房。只需唤了船来，徐徐行上几分钟，就能看到房东在门口笑脸盈盈。选

白墙下内敛低调的木门，便是当年豪族大家的府邸。至少三层的庭院，承载的是整个家族百年的爱恨情仇。当年仅供家族私人私用，便利交通或者补充供给的私人码头，依然被保存完好。南朝之后，望族渐渐聚集在此，这些大型的院落才得以延续和保存。虽说同处江南，倒无法将这里的园林与苏杭的加以联系和比对。这是要人住在里面的，将自己生活的点点滴滴，全部都嵌在里面，伴着岁月熬出精魂来。此后，不用故事，不看碑文，只在里面坐一会儿，就能洞悉全部的情节。

几栋大宅经过了反复地斟酌和考证，被重新修整成小型的奢华酒店。整个修整的工程极其小心，任何改动格局或者外部结构的企图都被明确地禁止。只在内部的色调与陈设上，循着当年的审美，演化出一些明媚如烟的情境。照着地图一家一家地走过去，锦堂、盛庭……就像逢年过节在走亲访友，每家都有自己的脾气和禀赋。

我最喜欢的，是恒益堂养生会所里各自相连又独立静谧的院落。素色的藤品压住了整个空间的恬淡氛围。若是租赁下一栋套房，就仿佛直接回归了园林间的生活，一楼的客厅敞向精心打造的山水，一壶香茗便可宴客。卧室或是需要拾级而上，或是再转几道回廊，如同踱回心内，万事宁静。偶尔听见人声，服务生会送来会所里特别烹制的药膳，需要迎合着时辰享用。一切都在从前。气氛宛如当年的昭明太子跟随着老师沈约来乌镇读书，帝都的气派多少还是带到了这里。只是昭明太子一颗玲珑心，倒没有依着熟悉的宫闱暴殄天物，只不过道路比东栅宽了两三指，门廊、木栅，一概如旧，连他下榻读书的地方，那门房也只不过规矩和稍微工整了一些，也没有特别显出贵气来。功夫倒是都用在了门里。厮磨着日子翻两三本书，或者在青石拓上用水悬腕练字，都是处处需要慢下来，咀嚼品味日子。

是啊，坐一会儿，尽管时间长着，也并非总是走的。常常只是踱了几步，就被几处微小的细节吸引过去。甚至是拍完了照片，依然会窝在那个地方发呆。书场里定时传出的评弹声，叙昌酱园小吃刚刚出炉的白水鱼，“乐心八音”里随着要摇柄的玲珑叮当，甚至是待乐廊里新泡的一壶玫瑰茶，都可以成为随时停下的理由。

有些人徜徉数日，最终留了下来，来自上海的摄影师李峻在这里开出了“步步莲花”，前厅提供新鲜磨制的咖啡，后院则重新整肃，辟作工作室，展示自己的摄影以及相关的设计作品，所有的作品都只围绕着乌镇这个主题。主人甚至在尚未被许多人知晓的南栅，扫描了几乎全部的水乡生活。黄磊依然不能忘记《似水年华》里总是说不明的情感，也租赁下了几间新修的木房开了红酒坊。偶尔才来乌镇的人，大多都心底执拗地攥着地图来朝圣，即便只是在门口站站，留一张合影也好。我倒更喜欢李峻后来在隔岸开的“大茶饭”，做些粤式的点心，每到吃饭的时间，总能吸引着一大批广东的游客。服务生和气得很，不拘你点多少，吃完了也并不赶人，任由你攀在临水的窗边静静地看游船来往。主人的那只名叫“叉烧”的英国比格犬，偶尔会从对岸的“步步莲花”跑过来，遇到喜欢的人就贴过来，轻轻地蹭着腿，或者在脚边熟睡过去。主人在每张桌子上都配了不同的花朵，古朴颜色中勾勒出了几道清丽的光线，仿佛面前有江南的容颜，美目若兮。

余下的时间，就在景园的二楼坐着。这已经是镇子的深处，游人不多，只有住在镇子里的人，才会在晚上聚在这里，点上一壶茶，几盘小食，聊些平日里有头无尾的话题。

我偏爱在早晨的时间，做第一位到访的茶客。二楼临窗的座位有江南特有的精细，背后笼着淡紫色的薄纱，椅垫用有了年月的刺绣做

了套子，乳白色中点着桃红。老板贴着窗底，还特意放了一小簇花儿，风一来会轻颤。老板不多话，只是将玫瑰花茶拿上来，问了句：“要写东西么？”就把接线板准备好，轻轻退了出去。我播放着《似水年华》的原声，不需要题目，也不用打什么腹稿，信马由缰地写着心情。偶尔抬起头来，看着住在对面民宿的人刚起身，推开木窗，对着满目清凉的阳光，伸着懒腰。还有水的尽头，也刚刚有游客包了船，悠悠荡荡地晃过来。一对情侣只在船头紧紧地依偎着，仿佛丝毫不关心身边的风景，只在意着身边的陪伴。

至于簇拥着几家商铺的女红街，直到夜晚花灯初上的时候，才悠悠然透出些娟秀的味道来。西栅近乎奢华地运用着光影，改变了古镇夜晚昏黄的面孔，延续着色彩的传奇。白天平淡低敛的小街，扮上了艳丽的妆容。连贯一片的店铺，项链一般地揽着闪烁的暖光。与红灯笼中黯然低调的气氛不同，这条光带张扬、热情，汇成另一条河流，铺在涟漪之上，扩散成一片光毯。

橱窗上陈列的作品，一改平时的素颜和羞涩，从边缘渐渐泛起了倾诉的光。只要是经过，便忘记了是要赶到何处，而只在攫住眼光的作品前伫立，仿佛是一场交谈，独立出了私密的空间。转了半天，我还是顺从着收集本子的爱好，买下了牛皮装帧的本子，积攒自己的心情碎片。一路逛过去高低俯就，那光和影如同蝴蝶振翅一般，有持续不断的新鲜和快乐。

我不知道这种强烈的情感倚重从何而来。那感觉就像晚餐是就着叙昌小吃的白水鱼吞咽下的三杯酒，一股劲辣义无反顾地铺满整个身体。也许，乌镇是华年中的一个心结。我们本该在最好的时光中相逢，却忘记了心中的直觉和冲动。当饱尝了生活的痛，情感和容颜也渐渐苍老和麻木的时候，才会觉得，这场早该发生的相遇来得那么迟。黄磊借着“文”的身份执拗地等待和邀约着在这里的重逢。乌镇是停在华年中的梦，而失了华年的我们，即使只是醉一回，梦一场，便也对自己有个交代了。

青岛
变与不变之间

这里有我最熟悉的海，还有最陌生的海岸线。离家多年，我总觉得那些变化有些讨厌，它让我的记忆再无着落，并且无法再度亲近。因此，费尽心思在回忆与变化之间寻求平衡的地方，多少都能赢得情怀的归属。

我选了青岛鲁商凯悦酒店的套房，原因无他，只是因为待在这里，只要抬头就能望见海。石老人沙滩的曲线从脚下滑过，一直延伸到视野尽头的石老人村。有早起的酒店客人，慢慢沿着那道水线散步，要是脱了鞋，浅浪来了也不避讳，看着波纹伴着窸窸窣窣的海浪碎掉。几个年轻人，从城市里开车赶来，仗着海滩空旷，一刻钟左右就迎风拉起了滑翔伞，玩起了滑翔伞冲浪。青岛人，实在太依恋这海，待得越久，在海中玩得就越像个孩子，怎样都是惬意的。

和格雷斯坐在东海 88 里闲谈这里生长的狂热气息。新兴的街区和大批现代建筑已开始将机场与市中心的区域填满，以一种兴冲冲的姿态对城市的格局解构和重建。记忆中的东海路，早已拓宽延展，一路绕过石老人村。四年前，石老人村还是适合长周末远足的“避世郊外”。我还时常想念簇拥在村子里的那些村里人开的海鲜小馆，是否还是只摆三四张桌子，保持着清汤寡水的料理手法？

青岛人的品位和判断其实更执拗和单纯些。百年前开埠，风潮熏染无数次，暗合了精致心思和审美习惯，沉淀、发酵，变成气质中更好的一部分。东海88便是例子，能毫无遮拦地望海临风本是南方渐来的风潮，如今也渐渐得到青岛的青睐。团队来自北京东方君悦酒店的指标餐厅“长安壹号”，主打的几款北方菜挥洒自如，厨师团队却用了大半年时间改写了菜谱。迎合着五月中诸如扇贝、蛤蜊之类的“小海鲜”上市的当口推出，口味的根还在，只是换了“妆容”，摆盘中颇见心思灵秀。过往偏远渔村的年菜“渔家四宝”也被拿来重新演绎，玉米精粉制作的小饼如花瓣一般围拢在蒸笼的外圈，中间供出四个小陶碗：虾酱、咸鱼、榨菜丝，都是胶东这里长在味蕾深处的最爱。当然，照着青岛人的习惯，是要佐着本地崂山泉水酿出的鲜啤酒才够味儿。这难改的饮料密码甚至被用在了甜品中，吃一口清淡爽冽的青岛啤酒冰淇淋，心中的老青岛就依然还影影绰绰地在身边了。

第二天开车赶着清晨去奥帆中心。五四广场的一侧，仍然在建的两栋高楼已经有如见缝插针。巨型深蓝色玻璃穹顶像极了日光下的迈阿密海滩。每年5月就开始频繁出现的大雾正从海上不断涌来，但由于海风凶猛，雾气并没有登陆之后就弥漫开去，反而被压成扁平的一片，低低地挂在建筑腰间。海岸线瞬间变得犹如海市蜃楼，看起来不那么真实。

约翰把这样的雾天叫作“青岛的后现代主义画作”。大约四年前，他从伦敦来到青岛工作。自那时起，他几乎每天都会背着相机来拍摄这片海湾的生长和变化。2009年初刚刚在海湾勾勒出大致轮廓的钢筋结构记忆犹新，波光的涟漪与未完成的建筑总能形成巨大的“戏剧冲突”。念念不忘的还有青岛海尔洲际酒店的海景套房中醒来的清晨。那是这整片区域中最先完成的工程。现代的流线型设计是当时青岛酒

店美学拥抱现代风格的开端。大堂中状若竖琴的吊顶装置，既像一双手掌微微开合，又如同连串紧贴在一起的贝壳，有迷人而自然的金属光泽，轻而易举地营造出现代眼光中的海洋风格。色调只在清浅的程度上做细致的微调，在海岸多变的气候和光线条件下，依然能保持恬淡和明澈的氛围。

如今，这样的气质和心思已贯彻到奥帆中心的各个角落。供游艇停靠的内港码头特意拉开了距离，以露出的深沉水色区隔出了游艇与帆船的界限，热闹而不嘈杂。约翰引着我一直走到被大雾遮掩其中的情人坝——奥帆中心最深入海中的部分。码头餐厅是我的最爱，晴朗的午后可以点上几道料理简单的小海鲜，远眺城区海岸线最繁华的角落，甚至比坐在游艇上巡游个把小时还要视野宽阔。当年奥帆中心的设计师为了满足大中型游艇的停靠，执意将情人坝的部分修得远离海岸，如同一把刺入海洋腹地的剑，无意之中却造就出类似“离岛”的空间。

我愿意在新城醒来，我更愿意在老城做美梦。旅行是连接过往与现在的最好方式，它能让人因为记得而不至狂妄，也因为发现与观想而不至虚妄。

老城是很考验车技的，不仅大多从青岛总督府的正门向西走，避开游客，阿兹凯乐西餐厅在总督府一楼的狭小空间里营造出典型的德式家庭餐馆的氛围，孔雀蓝的内墙点缀乳白色的小桌椅。餐厅深处还藏着小型图书室。藏书可以随意翻阅，足够抵掉等餐的些许时间。半份地道的德式烤猪腿，加上大号的一杯纯香啤酒：味蕾似乎是重新接近老青岛的最佳方式。

百年之前，德国人开始以信号山为中心建造当时的“新城”，他们带来的不仅仅是严格的建筑规范，更带来了他们自己颇具仪式感的生活和美食传统。青岛啤酒博物馆里保存的那套啤酒酿造系统是现在青岛血液中的根深蒂固的啤酒基因的肇始。豪饮的习惯大概也源自直来直去的大号德式啤酒杯。黄昏时分，在狭小的街巷，拎着一袋啤酒返家依然是很多住老城的青岛人的习惯动作。

老城的存在让这些习惯和品位依然有光鲜体面的存活空间。经过整饬的劈柴院里展示的，摆放如同花朵一般的待烤扇贝，更像是生硬片段的橱窗展示。你得先学着那种生活的劲头，“学会讨价还价，鉴别是不是当日打捞的新鲜货，找个当地人介绍私藏单子上的小餐厅。你或许还得忍受老板娘当天的坏脾气。”近几年，来青岛的外地人数呈几何式增长，“新城”里的口味也越来越“混搭”。地道的青岛味道似乎也只有在老城里才能留存。

很难再找到一座现代化的城市能像青岛这样拥有如此大片鲜活整齐的老城。从信号山一直到小青岛，包括每到晴天，就被拍婚纱照的新人挤得水泄不通的八大关，这样的德式风格因为“二战”而在欧洲几乎消失殆尽，在青岛反而存在得茂盛。那种精细劲儿，从每栋老屋前整齐的植株和盛放的花枝可见一斑。深红屋顶和赭黄色的外墙是必须传承的元素。不少建筑几经修整，开始以另一形式延续传奇。始建于1903年的德国总督府，几经扩建之后，曾作为迎宾馆接待各国政要。如今主楼恢复当年原貌以供游客参观，另两栋稍后建起的老楼2009

年以艺术酒店的身份重新见客。旧时光在外，新经典则安置在内。房间内以白色衬底，鲜明的色块大胆而铺张，一两间客房的地毯，也是特别订做了夸张琴键的图案。视觉上一扫老建筑中一贯的昏黄调子，不借历史逞强，反而有了更亲切和平易的感觉。我倒更喜欢在日落时分坐在庭院的天台之上，夕阳温暖的光线沿着阳坡汹涌铺展，层叠而上的建筑群落，似乎都隐隐反射出了雍容的光晕。

连带巷口中的私家院落，如今也成了颇受欢迎的去处。近一两年，倾慕老城的人，纷纷在老城一带寻找合适的老屋。近二十平方米的小院落，紧紧靠着从信号山公园绵延下来的一段青石路，沙朴庭院咖啡的主人却只摆了三套桌椅，抹茶色的阳伞设计得巨大，小雨中半点雨星也溅不到，反而有满耳清晰的沙沙声。屋内是清浅的原木色调，吧台拉得低低的，主人稍一探身就可以跟往来玩耍的孩子聊天。家里的藏书摆了满满一面墙头，对面用十二个彩绘磁盘做了时钟，嘀嗒声也只是刚刚能够听到。主人听了点单就不再怎么搭理人，转头安安静静做咖啡。客人们最好抽本自己喜欢的书，读到忘了时间，就丝毫不会在意，即使一道程序简单的美式咖啡，主人都得细细做上二十分钟到半个小时。

我在竹里馆问的几个问题让主人觉得有必要好好给我讲讲这老城的执拗性格。他这咖啡馆更是特立独行，隔了一重院子，缩在老别墅的角落里，门面还偏偏被一丛浓浓的竹子遮着。内里只放了三四张沙发，好像天生怕闹。只有两只猫儿，看似比客人更自得，“看起来就不像是要挣钱的架势，其实只为了好和朋友安静地聊聊天。”自己烘焙和制作咖啡也是必守的传统。“在老城过惯了的人，依然觉得日子可以用来消磨，去趟新城反而都像去了趟外地。”客人不多的时候，他就锁了门，挂块黑板“主人外出”，就出门看山景了。所以，要喝一杯他亲手调制的咖啡，也得看看机缘巧合。只是他觉得这条大学路可惜了，虽然曾经登上“中国最美的街道”排行榜，但游客依然稀稀落落的，即使来了，也是草草在信号山公园一站就离开，就像看了看新煮咖啡的颜色，就不顾得尝尝味道了。“青岛是活出来的，所以在这儿，不能只干对望的把戏。”

我跟着他爬到信号山的顶端，趁着最后一抹夕阳眺望整个市区。不远的海岸线，起伏的钢筋森林在强烈的余晖之中变得轮廓模糊起来。脚下的老城，倒有点像层叠堆积的贝壳。“那儿是我们的节奏，这儿是我们的心，两个都感受到了，才是一座完整的青岛。”